國境之南、太陽之西

国境の南、太陽の西

村上春樹

賴明珠 譯

國境之南、太陽之西

國境之南、太陽之西

1

我生於一九五一年的一月四日，也就是二十世紀後半段的第一年的第一個月的第一星期。要說是具有紀念性也不是不能說具有紀念性。於是我的名字就被叫做「始」。不過除了這一點之外，有關於我出生的事就幾乎沒有任何值得特別一提的了。我父親是在一家大證券公司上班的職員，母親是普通的家庭主婦。父親在戰時還在當學徒就被徵兵派到新加坡，戰爭結束後還暫時被留在那邊的收容所。母親的家在戰爭的最後一年，被B29轟炸機炸得全部燒光。他們都屬於飽受長期戰爭所傷害的一代。

不過在我出生的那個年頭，所謂戰爭的餘波之類的東西，幾乎已經完全不存在了。我們家附近既沒有燒毀的遺跡，也看不見佔領軍的影子。我們就在那樣的和平小鎮上，住在父親公司所提供的公司宿舍裡。雖然是戰前建的房子，多少有點舊了，但寬闊倒是挺寬闊的。庭院裡長有高大的松樹，甚至還有小水池和石燈籠。

我們住的小鎮，完全是典型大都市郊區中產階級的住宅區。住在那裡的期間，所交往的一些比較親近的同班同學，大家也都住在算起來滿雅緻的獨院住宅裡。雖然大小有些差距，但都有玄關、有庭院，庭院裡種有樹木。朋友的父親，大多不是在公司上班，就是擁有專門職業的。母親也在工作的家庭非常少。大部分的家裡都養有狗或貓。那個時候我所認識的人裡面，沒有一個是住公寓或大廈的。我後來搬到附近別的鎮上去，不過那裡大體上也是同樣性質的地方。所以我一直到上大學到東京之前，都深深以爲一般人，都是打著領帶去公司上班，住在有院子的獨棟房子裡，養有狗或貓的。除此之外的生活是什麼樣子，對我來說實在無法想像，至少一點實體感都沒有。

一般的家庭總有兩個或三個小孩。那是我所居住的世界裡，平均的兒女人數。我試著回想從少年時代到思春期所交的幾個朋友的臉，他們也沒有一個例外，簡直就像蓋章出來似的，不是兩兄弟，就是三兄弟中的一個。他們不是兩個兄弟姊妹之一，就是三個兄弟姊妹之一，不是三個兄弟姊妹之一，就是兩個兄弟姊妹之一。有六個或七個孩子的家庭固然稀少，但只有一個孩子的家庭就更稀奇了。

然而我卻沒有任何一個所謂的兄弟姊妹，我是獨生子。而且少年時代我好像一直爲了這件事感到有點類似自卑似的。覺得自己在這個世界上可以說是一個特殊的存在，別人理所當然地擁有的東西，我都沒有。

小時候，我對於「獨生子」這字眼簡直討厭極了。每次耳朵聽到這字眼，就重新被喚醒自己是缺少了什麼的。這字眼總是筆直地指著我說：你是不完全的。

所謂獨生子就是被父母寵壞的、虛弱的、任性得可怕。這在我所居住的世界裡是不可動搖的定律。被視爲和爬到愈高的山上，氣壓會降得愈低，雌牛可以擠出大量的奶一樣，是大自然的眞理。所以我最討厭被人家問到有幾個兄弟姊妹。一聽說沒有兄弟姊妹，人家就會反射地這樣想：這傢伙是獨生子，所以一定是被父母寵壞的、又虛弱、又任性得可怕的孩子。人們這種一成不變的反應，使我相當厭煩，也給了我不小的傷害。不過對於少年時代的我，眞正令我厭煩讓我受傷的，是他們所說的竟然完全是事實的這一點。不錯，事實上，我就是被寵壞的、虛弱的、任性得可怕的少年。

在我所上的學校裡，沒有兄弟姊妹的孩子眞的非常稀少。小學六年之間，我所遇到的沒有兄弟姊妹的孩子，只有一個。所以我非常記得她（對，那是一個女孩子）。我跟她變成好朋友，兩個人談了很多話。或許也可以說心是互相通的，而且我甚至對她懷有愛意。

她姓島本，也是一個獨生女。而且因爲生下不久就得了小兒麻痺，因此左腳有一點跛。除此之外她還是個轉學生（島本轉到我們班上來，是在五年級快結束的時候）。所以她也可以說是背負著我根本難以相提並論的沈重精神包袱。不過，或許正因爲她背負著更大更沈重的包袱，因此是比我更堅強，更具有自覺性的獨生女。她對任何人都從不示弱。不只是嘴巴不說，臉上也從不顯露。即使有什麼討厭的事情，她也總是面帶微笑。我甚至覺得，她好像越是遇到討厭的事情，越會露出微笑。那是非常美的微笑。那微笑有時候對我是一種安慰，有時候對我是一種鼓勵。「沒關係」，她的微笑看起來好像在說「沒關係，只要忍耐一下就過去了。」就因爲這樣，後來我每次想起島本的臉時，就會想起那微笑。

島本在學校不但成績好，而且對每個人都一概公平地親切。因此她在班上經常是令人刮目相看的存在。在這層意義上，她雖然同樣是獨子卻和我相當不一樣。不過她是不是因此就無條件地得到同學們的喜愛呢？那倒也是個疑問。雖然大家並沒有苛責她或嘲弄她，但她除了我之外，沒有一個能夠稱得上是朋友的對象。

或許她對他們過於冷靜而自覺了。讓其中有些人把這當成冷漠和驕傲吧。不過我卻可以從那樣的外表之下，感覺到深處所隱藏的溫柔和容易受傷的某種東西。那就像在玩捉迷藏的小孩一樣，雖然身體躲在看不見的地方，卻希望最後終能被人發現一樣。我從她的話語和表情之中，就曾經偶然發現這樣的影子。

聽說島本因爲父親工作上的關係，曾經轉學了好幾次。她父親到底從事什麼方面的工作，我已經記不清楚了。雖然她曾經對我詳細說過一次，但正如周圍大多數的孩子一樣，我對別人父親的職業幾乎沒有什麼興趣。記得好像是跟銀行、稅務機關或公司更生法之類有關的某種專門職業吧。她搬過來住的房子，雖然說也是公司的宿舍，但卻屬於相當大的洋房，屋子四周圍了一圈高到腰部的氣派石牆。石牆上還種植著常綠樹籬，從這綠籬的一些間隙，可以看見庭院的草坪。

她是個身材高大，五官清楚的女孩子。身高幾乎和我一樣。過了幾年之後，她果然長成非常引人注目的大美人。不過在我最初遇見她的時候，島本的外觀還沒有長得和她的資質相一致。那時候的她，還有某些地方不太均衡，因此使得很多人以為她的容貌並不是很有魅力。或許那是因為她身上相當於大人的部分，和她身上希望繼續保持還是小孩的部分，無法巧妙連動的關係吧。而這類的不均衡，有時候或許會帶給人不安的感覺。

因為兩家住得近的關係（她家和我家說起來真的就像鼻子對著眼睛一樣的近），在教室裡，她第一個月就被排在我旁邊的位子。我把學校生活有關的一切細節都一一教給她。從有關教材的事、每週考試的事、每一種科目必需的道具、教科書的進度、掃除和午餐的輪值之類的事。住得最近的學生要負責照顧轉學生剛開始的生活，這是學校的基本方針，尤其她的腳不好，所以老師還私下把我叫去，說剛開始這段時間，要好好的照顧島本。

正如一般初次見面的十一歲或十二歲的異性孩子那樣，剛開始的幾天，我們之間的對話非常彆扭而不順暢。不過當我們知道了彼此都是獨子之後，對話就急速變得生動活潑而親密起來。對她來說和對我來說，遇見自己以外的獨子，這都還是第一次。所以我們相當熱心地針對身為一個獨子是怎麼一回事，開始討論起來。我們對這一點有好多想說的事。雖然不能說是每一天，不過我們只要一碰面，就會兩個人一起從學校走回家。而且一面慢慢走在一公里多一點的路上（因為她的腳不好，所以只能慢慢走）一面談很多事。一談起來，才發現我們之間竟然有很多共通點。我們喜歡讀書、喜歡聽音樂、非常喜歡貓，不擅於向別人說明自己的感覺。沒辦法吃的食物名單可以列出一長條。讀自己喜歡的科目一點也不覺得辛苦，可是讀討厭的科目簡直痛苦死了。如果說我和她之間有什麼不同的話，那就是她比我會警覺地努力保護自己。她對不喜歡的科目也熱心地用功並得到相當好的成績，而我卻不。學校的營養午餐之中有什麼討厭的食物出現時，她也能忍耐著全部吃完，我就不行。換句話說，她在自己周圍築起來的防禦壁壘比我的高得多，堅固得多。但是那壁壘裡面所有的東西，則相似得令人吃驚。

我很快就適應跟她兩個人單獨在一起。那完全是一種新的體驗。我跟她在一起的時候，也不會像跟其他女孩子在一起的時候那樣侷促不安。我喜歡跟她一起走路回家。島本好像輕輕拖著左腳一般地走。中途偶爾也會在公園的長椅上坐下來休息一下。可是我從來也不覺得這樣很麻煩，反而覺得能夠多花一點時間是很快樂的。

我們就這樣經常有很多時間是兩個人在一起度過的，可是並不記得周圍有什麼人對這件事取笑過。當時並沒有去注意這個，但現在回想起來覺得有點不可思議。因爲那個年齡的孩子，通常都會取笑或起鬨比較要好的男女生。我想那也許是因爲島本的爲人吧。她身上好像具有能夠喚起周圍的人輕微緊張感的某種東西。也就是說她具有「對這個人不要說什麼無聊話」之類的氣氛。連老師看起來對她都好像有時候會覺得緊張似的。或許她的腳不好跟這個也有關係吧。不管怎麼樣，反正大家好像覺得不太適合取笑島本。結果這對我倒是值得慶幸的事。

島本因爲腳不好，所以體育課幾乎都沒上。郊遊和登山的日子她就沒來學校。夏天的游泳夏令營之類的，她也沒來。運動會的日子她看起來好像多少有點不舒服。不過除了這些時候之外，她倒也過著極普通的小學生生活。她幾乎從來不拿自己的腳不好當做話題。在我記憶所及的範圍裡，好像一次也沒有過。和我一起放學回家時，也絕口不提「對不起走得很慢」之類的話，臉上也沒有露出這意思。不過我很瞭解，她是在意自己的腳的。正因爲在意，所以故意不去觸及。她不太喜歡到別人家去玩，因爲那樣必須在玄關脫鞋子。她的鞋子左右兩邊的形狀和鞋底的厚度有一點不一樣，她不喜歡讓別人看見。我想那是特別訂做的鞋子。我第一次注意到，是在看見她一回到自己家，就立刻很快地把鞋子收進鞋櫃裡的時候。

島本家的客廳裡，設有新型的音響組合，我常常爲了聽那音響而到她家去玩。那是一套相當豪華的音響組合。其實她父親收藏的唱片，比起那套音響來並不算很多，LP唱片的數目我想頂多只有十五張左右。而且大多是適合入門的人聽的輕古典音樂。不過我們總是一再反覆地聽著那十五張唱片。所以一直到現在，我對那些音樂的每一段細節都還能記得一淸二楚。

操作唱片是由島本負責的。她從唱片套中取出唱片，小心注意著手指不要碰到溝紋，兩手捧著放在轉盤上，用小刷子把針頭的灰塵拂去，再慢慢把唱針放到唱片上。唱片放完之後，先噴上除塵劑，再用軟布擦。然後把唱片放進唱片套，再放回櫃子裡原來放的地方。她把父親教給她的這一連串的作業，以極端認眞的表情一一實行。眼睛瞇細著，連呼吸都放輕了。我每次都坐在沙發上，一直盯著她那樣的姿勢。把唱片放回櫃子裡之後，島本才好不容易轉向我這邊，一如往常地微微一笑。每次這樣的時候我都會想，她所處理著的不只是唱片而已，而是好像裝在玻璃瓶裡的某個人的脆弱的靈魂之類的東西吧？

我家裡既沒有唱機也沒有唱片。我的父母親並不屬於特別熱心聽音樂的那一型。所以我總是躲在自己的房間，守著一個小型塑膠AM收音機聽音樂。平常我都是聽收音機裡搖滾樂之類的音樂。不過在島本家聽到輕古典音樂之後，我也立刻就喜歡上了。那是「另一個世界」的音樂，我之所以會被吸引，我想或許因爲島本是屬於那「另一個世界」的關係吧。每星期有一次或兩次，我和她坐在沙發上，一面喝著她母親端出來的紅茶，一面聽著羅西尼的序曲集或貝多芬的田園交響曲，或「皮爾金組曲 Peer Gynt」一面度過下午的時間。她母親很歡迎我到她們家玩。我想她很高興剛剛轉學過來的女兒能交上新朋友，而且我很乖總是穿戴整齊也讓她滿意吧。其實說眞的，我沒辦法喜歡她母親，並沒有發生過什麼具體讓我討厭的事，她對我也總是很親切。但從她說話的方式裡，我曾經感覺得出一點點焦躁的地方，有時候那使我覺得不安。

她父親收藏的唱片之中，我最喜歡的是李斯特的鋼琴協奏曲。第一面是一號曲，第二面是二號曲。我喜歡那張唱片有兩個原因，一個原因是那張唱片的封套非常美麗，另一個原因是我周圍的人沒有一個聽過李斯特的鋼琴協奏曲——當然島本例外——。那眞是令我覺得心都要砰砰跳似的。我知道別人所不知道的世界，那就好像只有我才被容許進入的祕密花園一樣。對我來說，聽李斯特的鋼琴協奏曲，無異於將自己推向人生的另一個階段。

而且，那又是非常美好的音樂。剛開始的時候，那音樂在我的耳朵裡聽起來，覺得好像很誇大、很技巧性的，說起來有點漫無邊際似的音樂。不過聽過很多遍之後，覺得好像模糊的映像逐漸具體成形起來，那音樂在我的意識之中慢慢開始變得井然有序。閉上眼睛安靜集中意識時，在那音樂的聲響之中，可以看見幾個漩渦正在形成。一個漩渦形成之後，又從那個漩渦中產生另外一個漩渦。而那個漩渦又和另外一個漩渦相連接。當然那些漩渦，是現在想起來的，擁有一種觀念性的抽象性質。我很想把那樣的漩渦的存在，設法傳達給島本。可是那卻不屬於以日常所用的語言所能向別人說明的那類東西。若要正確表現它，則需要用別種不一樣的語言，只是那時候的我還不知道那樣的語言。而且我也不知道我所感覺到的那種事情，是不是具有值得開口向別人傳達的價值。

很遺憾我已經忘記演奏李斯特協奏曲的那個鋼琴家的名字。我所記得的只有那色彩鮮豔的封套，和唱片的重量感。唱片沈甸甸的重量和厚度，幾近於神祕的程度。

除了古典音樂之外，島本家的唱片櫃裡，還夾雜著有納金高和平克勞斯貝的唱片。那兩張唱片我們也眞是常常聽。平克勞斯貝那張是聖誕音樂的唱片，可是我們卻不管季節地聽著。聽了那麼多遍竟然也不會厭倦，現在想起來都覺得不可思議。

十二月快接近聖誕節的某一天，我和島本兩個人在她家的客廳裡。我們和平常一樣坐在沙發上聽著唱片。她母親有事外出了，家裡除了我們之外沒有別人。那是一個陰沈沈的冬天的下午。太陽光好不容易穿過厚重深垂的雲層透進來的片刻之間，細微的灰塵看起來好像是被削落下來似的。映在眼睛裡的一切都變得鈍鈍的，失去了動感。時刻已經接近黃昏，屋子裡像夜晚一般完全昏暗下來，我想是沒開電燈，只有壁爐裡的瓦斯火，朦朧地照紅著屋裡的牆壁。納金高正唱著「Pretend」。我們當然完全無法理解英文歌詞的意思。那對我們來說只像是咒文一樣的東西。不過我們卻是喜歡那歌的，而且因爲實在反覆聽過太多次了，因此開頭的部分都可以學著唱了。

Prentend you are happy when you are blue, It isn't very hard to do.

現在當然懂得那意思了。「當你憂傷的時候假裝你很快樂，那並不是很難的事。」簡直就像她經常掛在臉上的迷人微笑一樣。確實那是一種想法。不過有時候，那卻是非常難做到的。

島本穿著圓領的藍色毛衣。她有好幾件藍色毛衣。大概是喜歡藍色的毛衣吧。或者因爲藍毛衣和平常在學校穿的深藍色外套比較好搭配也說不定。領口的地方翻出白襯衫的領子。還穿著格子裙，和白色的棉襪子。質地柔軟而貼身的毛衣，向我顯示出她那微微隆起的胸部。她把兩腳縮到沙發上，好像折進腿下一樣地坐著。而且一隻手肘搭在沙發靠背上，以一副好像在望著遠方風景一般的眼神聽著音樂。

「嗨！」她說。「人家說只有一個孩子的父母親感情不太好，你覺得是眞的嗎？」

對這件事我想了一會兒。不過我不太能夠理解其中的因果關係。

「妳在什麼地方聽到這樣的說法？」

「有人這樣跟我說。很久以前。說是因爲父母親感情不好，所以只能生一個孩子。我聽到這話的時候，好傷心唷。」

「哦？」我說。

「你家裡媽媽和爸爸感情好嗎？」

我沒辦法立刻回答，我想都沒想過。

「我們家的情況，是我母親的身體不太強壯。」我說。「我也不太清楚，不過聽說生小孩身體的負擔太大了，所以不行。」

「你有沒有想過如果自己有兄弟姊妹會怎麼樣？」

「沒有。」

「爲什麼？爲什麼沒想呢？」

我拿起桌上的唱片套來看。可是要讀那上面印刷的字，屋裡實在太暗了。我又把唱片套放回桌上，用手背揉了幾次眼睛。我以前，也曾經被母親問過幾次同樣的問題。而那時候我的回答既沒讓母親高興，也沒讓她悲傷。母親聽了我的回答，只是滿臉的不可思議而已。可是那，至少對我自己來說，是極爲正直而誠實的回答。

我的回答非常長。而我卻沒辦法很有要領地正確表現出來。不過我想要說的，總而言之是指「現在在這裡的我，是在一直都沒有兄弟姊妹的情況下長大的我，如果有兄弟姊妹的話，我就應該會長成和現在不一樣的我，所以現在在這裡的我，去想如果我有兄弟姊妹的話會怎樣，我覺得是違反自然的。」所以我覺得母親的那個問題好像並沒有什麼意義。

我對島本的回答也和那時候一樣。我一這樣說完，她就一直盯著我的臉看。她的表情裡，有某種吸引人心的東西。在那裡面——這當然是事後回想起來所感覺到的——好像有一種溫柔地將人的心的薄皮一層一層慢慢剝下似的，那種官能性的東西。那隨著表情的變化，形狀也微細地改變的薄唇，和瞳孔深處一閃一閃若隱若現的微弱光芒，一直到現在我還記得很清楚。那光芒，令我想起狹長的黑暗房間的深處，正在搖晃著的小蠟燭的火焰。

「你所說的，我好像有點懂。」她以大人氣的安靜聲音說。

「眞的？」

「嗯。」島本說。「我覺得世界上有可以挽回的事和不能挽回的事。而時間的經過，就是一件不可挽回的事。已經來到這裡了，就不可能回到過去。你說是嗎？」

我點點頭。

「經過一段時間之後，很多事物都會凝固硬化。就像水泥在桶子裡凝固硬化一樣。而且這麼一來，我們就沒辦法回到過去恢復原形了。換句話說，你想說的是，所謂『你』的這塊水泥，已經完全凝固硬化，所以沒有所謂除了現在的你之外的你了，對嗎？」

「我想大概是這樣吧。」我以不確定的聲音說。

島本凝視了自己的手一會兒。「我有時候會想，自己長大以後結婚的事。然後接著也會想到住什麼樣的房子，做什麼樣的事情，然後該生幾個小孩之類的。」

「哦?」我說。

「你不會想嗎?」

我搖搖頭。十二歲的少年沒有理由想這樣的事。「那麼妳想要幾個小孩呢?」

她把一直搭在沙發靠背的手,移放到膝頭的裙子上。那手指慢慢的順著裙子的格子紋路觸摸,我出神地望著她那動作,那裡面有某種神祕的東西。看起來好像從她的手指尖生出透明的細線,而那細線彷彿在紡出新的時間似的。一閉上眼睛,就可以看見從那黑暗中浮出漩渦,產生好幾個漩渦,然後又無聲地消失。納金高唱著「國境之南」的歌聲聽來好像是從遠方傳來似的。當然納金高唱的是關於墨西哥的歌。不過,當時我並不知道。只覺得國境之南這字眼裡含有某種不可思議的聲響。每次一聽到那首曲子,就會想,國境之南到底有什麼呢?張開眼睛時,島本的手指還在裙子上動著。我感覺到身體深處輕微甘美的疼痛。

「雖然很不可思議。」她說。「可是不知道爲什麼我只能夠想像一個孩子的情形。自己有孩子,這多少可以想像。我是母親,而我有小孩這件事。但那小孩有兄弟姊妹這回事我卻不太能夠想像。那個小孩是沒有兄弟姊妹的,是獨子呢。」

她確實是個早熟的少女,確實對我懷有異性的好感。我對她也同樣懷有異性的好感。可是我不知道應該如何處理這樣的事。我想島本大概也不知道吧。只有一次她握過我的手。當她帶我去一個地方時，說「快點到這邊來呀！」於是牽住我的手。我們互相牽著手的全部時間，雖然只有十秒鐘的程度，但那對我來說，感覺卻好像有三十分鐘。然後她把那手放掉的時候，我眞希望她能就那樣一直握得更久一點。我知道，她雖然好像是很自然的牽起我的手，但其實她是想要試著握握我的手的。

那時候她的手的感觸，我現在都還記得淸淸楚楚。那和我所知道的其他任何東西的感觸都不一樣。而且和我後來所知道的任何東西的感觸也不一樣。那是十二歲少女單純的溫暖的小手。不過那五根手指和手掌之間，簡直就像樣品盒一樣，整個塞滿了當時的我想要知道的各種事情和不得不知道的各種事情，她藉著牽我的手，把這些都告訴了我。那樣的地方確實存在於這個眞實的世界裡。我在那十秒鐘左右的時間裡，感覺到自己好像變成一隻完美的小鳥一樣。我能夠飛上天空，感覺到風，可以從高空看見遠方的風景。因爲實在太遠了，沒辦法看淸楚那邊有什麼。但我可以感覺到就在那裡。或許總有一天我會去那裡，這件事使我感覺呼吸困難，心中震撼。

回到家之後，我坐在自己房間的書桌前，長時間一直注視著被島本握過的那隻手。我非常高興島本握過我的手。那種溫柔的感觸一連好幾天都溫暖著我的心。不過就在那同時，我也感覺到混亂、迷惑和悲傷。我不知道到底應該如何處置那溫柔，到底該把它帶到什麼地方去才好？

小學畢業之後，我和她分別進了不同的中學。由於各種原因，我們離開了原來住的房子，搬到別的鎮上去。雖說是不同的鎮，但只有電車兩站的距離，因此後來我還到她家去玩過幾次。我想搬家之後的三個月裡大約去了三次或四次吧。可是只有這樣而已。後來我終於不再去看她了。那時候的我，正開始要度過非常微妙的年齡。上不同的中學，車站又隔了兩站，覺得我們的世界好像完全變了一樣。朋友不同了、制服不同了、教科書也不同了。我自己的體型、聲音、對很多事情的感覺方式，都繼續在急速變化中，過去存在於我和島本之間的親密空氣，似乎也跟著漸漸變得不自在了。因爲我覺得她在肉體上和精神上似乎都比我變化更大。而那使我覺得不太舒服。此外我覺得她母親好像逐漸開始以異樣的眼光看我。「爲什麼這孩子還一直到我們家來玩呢？已經不住在附近，學校也不一樣了啊。」或許我想得太多了。不過總而言之，我變得沒辦法不在意她母親的視線。

於是我的腳步逐漸遠離島本家，不久之後就停止再去看她了。不過那恐怕是錯了。（我只能夠用「恐怕」這字眼。畢竟要檢視所謂過去這龐大的記憶，要決定其中那些是正確的，那些是錯誤的並不是我的任務）。我在那之後還是應該和島本密切地結合在一起才對。我需要她，她也可能需要我。不過我的自我意識太強，太害怕受傷害。因此，從此以後，有很長的一段時間，我一次也沒和她碰面。

我沒和島本見面之後，卻還一直繼續在懷念著她。經過思春期這充滿混亂的難過時期，我很多次都受到這溫暖的記憶所鼓勵、所撫慰。而且覺得長久之間，我好像在心中爲她保留著一個特別的部分。就像在餐廳最裡面的安靜席位上，悄悄擺上一塊已預約的牌子一樣，我只有那個部分是專門爲她保留著的。即使我覺得可能再也不會和島本見面了也一樣。

和她見面的那時候，我才十二歲，還沒有所謂正確意義上的性慾。雖然對她隆起的胸部，她裙子下面所有的東西似乎擁有模糊的興趣。但並不知道那具體上有什麼含意，也不知道那會具體地把我引導到什麼地點去。我只是靜靜地傾聽、閉上眼睛，想像那地方應該會有什麼而已。那當然是不完全的風景。在那裡的一切事物都像被一層霞光籠罩著一樣朦朧，輪廓模糊不清。不過我可以感覺到，在那風景之中，潛藏著某種對自己非常重要的東西。而且我知道，島本也和我一樣看見了同樣的風景。

我想或許我們自己都是不完全的存在。爲了填埋這不完全，我們彼此都覺得在我們前面，有什麼新的後天的東西將會來臨。於是我們就在那新的門口前站定。在模糊幽暗的光線下，只有兩個人，僅僅十秒之間互相緊緊握住對方的手。

2

高中時代，我變成到處都有的普通的十幾歲少年。那是我人生的第二階段——變成普通的人，那對我來說是進化的一個過程。我捨棄了特殊，變成一個普通的人。當然如果觀察入微的人仔細觀察的話，應該很容易可以看出我也是一個抱有相當煩惱的少年。不過畢竟，這個世界上恐怕沒有一個十六歲的少年不是抱著相當煩惱的吧？在這層意義上，我接近世界的同時，世界也接近了我。

總而言之，十六歲時的我，已經不再是過去那個虛弱的獨生子。進了中學之後，由於一個偶然的機緣，我開始參加家裡附近的游泳班。在那裡我學會了標準的自由式，每星期兩次我一定去游幾個來回。因此我的肩膀和胸部突然間強壯起來，肌肉繃得緊緊的。我已經不再是從前那個動不動就發燒、臥病在床的孩子了。我經常赤裸地站在浴室的鏡子前面，花很長時間仔細檢視自己的身體。我非常清楚自己的身體正出乎意料之外地急遽變化。我為那樣的變化感到高興。並不是高興自己逐漸接近成人。與其對成長的本身，不如說對自己這個人的變貌感到高興。自己不再是從前的自己，這件事使我覺得很開心。

我常常讀書、聽音樂。雖然本來就喜歡讀書、聽音樂，不過這兩種習慣，都因爲和島本交往而大爲促進，變得洗練。我開始常跑圖書館，把裡面的書從一頭讀破到另一頭。一旦開始讀起來，中途都欲罷不能。那對我來說好像是痲藥一樣的東西。一面吃飯一面讀，在電車裡讀，在床上讀到半夜，上課的時候也藏著讀。不久之後，我有了一套自己的小音響，只要一有時間就窩在房間裡聽爵士唱片。但是幾乎沒有欲望把我那種讀書和聽音樂的體驗和別人談論。我就是我自己，不是其他任何人，這反而使我感到安逸、滿足。在這層意義上，我是一個極端孤獨而傲慢的少年。需要團體一起玩的運動我無論如何就是沒辦法喜歡。也討厭和別人比分數的競技。我喜歡的，只是一個人默默地繼續游泳。

雖然這麼說，但我並不是徹頭徹尾孤獨的。我在學校雖然人數不多，但也有幾個好朋友。說眞的，我對學校這東西從來沒有喜歡過。我覺得他們總是要把我壓倒擠碎似的，對這個我不得不總是提高警覺，準備招架。如果沒有這些朋友的話，我在度過十幾歲這不安定的歲月期間，一定會背負更深的傷痛吧。

而且因爲開始運動的關係，我不能吃的食物名單，比以前變短多了。跟女孩子講話時，也比較不會無緣無故臉紅起來。就算有人偶然知道我是獨生子，好像也沒有人會大驚小怪了。我，至少從外表看起來，似乎已經擺脫了獨生子這個咒縛了。

而且我交了女朋友。

她並不是怎麼漂亮的女孩。也就是說她並不屬於讓母親看到班上同學的照片時，會嘆一口氣，說道「這孩子叫什麼名字？滿漂亮的啊。」那一型的。不過我從第一次見到她的時候開始，就覺得她很可愛。雖然光從照片看不出來，但實際上的她，卻好像有一種自然能夠吸引人心的樸實的溫暖。她確實不是那種足以到處向人炫耀的美人。不過想一想我自己，也沒有什麼特別值得向別人炫耀的優點。

我高二時跟她分到同一班，約會過幾次。剛開始是兩對一起約會，後來才只有兩個人約會。很奇怪，跟她在一起我就會覺得心情很放鬆。我在她面前可以很輕鬆的談話，她每次都好像很高興而且很有興趣似的聽我說話。其實我並沒有說什麼不得了的事，可是她卻以好像發現整個世界都改變了似的表情，熱心地聽我說著。女孩子能夠熱心聽我說話，這是自從不再和島本見面之後的第一次。而且同時，我也想知道有關她的一切。不管多麼細微的事情也好。她每天吃什麼？在什麼樣的房子裡生活？從她家窗戶看出去可以看見什麼樣的景色？

她的名字叫做泉。很棒的名字，第一次見面談話的時候，我這樣對她說。如果把斧頭丟進去好像妖精會出來似的。我這樣說完她就笑了。她有一個小三歲的妹妹和小五歲的弟弟。父親是牙醫，住的也是獨棟獨院的房子，養了狗。狗是德國牧羊犬，名字叫卡爾。眞是難以相信，不過這名字是從卡爾・馬克思而取的。她父親是日本共產黨員。當然世界上也有很多共產黨員的牙醫。全部集合起來或許可以坐滿四、五輛大巴士吧。不過我的女朋友的父親居然是其中的一個，這事實讓我覺得有點不可思議。她的父母相當迷網球，每星期一到星期天就拿著球拍去打網球。迷網球的共產黨員好像也不能不說有一點奇怪。不過泉似乎並沒有特別在意這件事。她雖然對日本共產黨絲毫不感興趣，但她喜歡父母親，也常常一起去打網球。而且也勸我打網球，不過很遺憾，我就是沒辦法喜歡網球這種運動。

她很羨慕我是個獨生子。她不太喜歡自己的弟弟和妹妹。她說，他們粗心大意，簡直是拿他們沒辦法的傻瓜。如果沒有他們的話，不知道有多清靜。沒有兄弟姊妹簡直太棒了嘛，我經常希望自己是獨子呢。這樣的話，就可以不被打攪地做自己愛做的事，過自己愛過的生活。

第三次約會，我吻了她。那天她到我家來玩。我母親後來說要去買東西就出去了。家裡只有我和泉在。我把臉靠近，把嘴唇重疊在她的嘴唇上時，她閉著眼睛什麼也沒說。雖然我事先準備了大約一打的藉口，萬一她生氣了，或把臉別開的話要用的，不過結果並沒有必要用。我讓嘴唇重疊著，把手臂繞到她背後把她抱得更近一些。因爲那是在夏天的結尾，她穿著印度紗的洋裝。

腰後綁著帶子，就像尾巴似的垂在後面。我的手掌碰到她背後胸罩的金屬絆扣。我感覺到她的氣息呼在我脖子上。我的心臟好像就要跳出體外了似的砰砰地跳著。我那變硬得快要漲破似的陰莖頂著她的大腿，她把身體稍微錯開。不過只有這樣。她對那件事好像並不覺得怎麼不自然或不愉快。

我們在我家客廳的沙發上，就那樣互相緊緊抱著。貓坐在沙發對面的椅子上，當我們擁抱的時候，貓只抬起眼睛看了一下我們這邊，什麼也沒說地伸了一下懶腰，就那樣睡起覺來。我摸摸她的頭髮，親了一下那小小的耳朵，想想好像應該說點什麼才好，可是卻想不到任何所謂的語言。而且即使想說，我也處於連吸氣都有點困難的情況。然後我拉起她的手，再吻她的嘴唇一次。很長的時間她一直沒說話，我也什麼都沒說。

送泉到電車站搭車回家後，我情緒變得非常不安穩。我回到家，躺在沙發上一直盯著天花板。我什麼都沒辦法想。母親終於回來了。說道馬上就要準備做晚飯了。不過我簡直沒有任何食慾。我什麼也沒說。穿上鞋子，走出外面，就那樣在街上漫無目的地逛了兩個小時。心情好奇怪。雖然我已經不孤獨了，可是同時也感到前所未有的深切孤獨。簡直就像有生以來第一次戴上眼鏡時那樣，沒辦法確實掌握東西的遠近感。很遠的東西看起來像伸手可及似的，應該不鮮明的東西看起來卻又很鮮明。

她臨走的時候對我說「我非常高興，謝謝你。」，當然我也很高興。女孩子竟然能讓我親吻，幾乎是難以相信的事。沒有理由不高興。只是我卻沒辦法眞正釋懷地擁有所謂的幸福感。我好像喪失基礎的高塔一樣，越是想從高處眺望遠方，我的心越開始咔啦咔啦地激烈搖晃起來。我試著問自己，爲什麼是她呢？我對她到底知道多少？我跟她只不過見幾次面，淺談過一些話而已。這樣一想，我變得非常不安起來，覺得坐著也不是，站著也不是了。

我忽然想如果我所擁抱親吻的對象是島本的話，現在應該不會像這樣迷惑吧。我們會在無言之中很自然地接受彼此的一切。而且那其中應該不會存在絲毫類似不安或迷惑的東西。

可是島本已經不在這裡，我想。她現在正在她自己的新世界裡。正如我在我自己的新世界裡一樣。所以不能把泉和島本拿來互相比較。就算這樣做也沒有任何用處。這裡已經是新的世界，背後那扇通往過去曾經存在的世界的門，已經被關上了。我在這包圍著新的我的世界裡，不得不想辦法確立自己。

一直到天空的東邊有點泛白，我還沒有睡覺，然後才上床睡了二小時左右，起來沖個澡去上學。我想在學校找她講話。昨天我們之間發生的事，我想再確認一次。看她是不是還和那時候的心情一樣，我想聽她親口說淸楚。她最後確實跟我說「我非常高興，謝謝你。」，可是天一亮，又覺得那些事情好像都是我自己任意在腦子裡製造出來的幻覺似的。然而在學校始終沒有找到和泉單獨談話的機會。休息時間她一直和要好的女朋友在一起，放學後又一個人很快就回家了。只有一次換教室上課時在走廊，她跟我眼光相遇。她迅速地對我微笑，我也回她一個微笑。只有這樣而已。不過我在那微笑之中，卻能感覺到昨天所發生的事已經可以確認了似的。她的微笑好像在說「沒問題喲，昨天的事是眞的」。搭電車回家的時候，我的迷惑幾乎已經消失了，我確實需要她，那比昨天夜裡的疑慮和迷惑更健康、更強烈。

我所追求的東西其實很明確。首先要讓泉裸體，脫掉她的衣服，然後和她性交。那對我來說，是太遙遠的路程了。所謂事情，是要由一件一件具體形象，分階段累積起來向前推進的。要能到達性交，人必須從拉下洋裝的拉鍊開始著手。而且性交和洋裝的拉鏈之間，或許應該有二十到三十個微妙的決斷或判斷的必要過程存在吧。

首先我第一件要做的事，是弄到保險套。就算要到達實際上必要的階段還有相當一大段路程，但我想總不能不預先準備好，因爲誰也不知道什麼時候會需要用到它。可是要上藥房買保險套卻免談。我怎麼看都只不過是個高中二年級學生，實在沒有那個勇氣。街上雖然有幾部自動販賣機，可是如果正在買那種東西的時候，被人家看見了，也會很麻煩。有三、四天時間，我一直都在爲那件事情煩惱。

不過結果事情卻意外簡單地解決了。我有一個朋友，對這方面的事好像比較淸楚。我試著鼓起勇氣跟他商量。我說我想弄個保險套，應該怎麼做最好。那簡單哪，你要的話我可以給你一盒，他若無其事地說。我哥哥好像從郵購還是那裡買了一大堆，不太清楚為什麼要買那麼多，不過壁櫥裡多的是，就算少了一盒他也不會知道，他說。那眞要感謝了。我說。於是第二天，他把裝在紙袋裡的保險套帶到學校給我。我請他吃中飯，而且請他這件事情絕對要保密。他說知道啦，這種事情我不會跟別人說。不過他當然沒有保持沈默。他跟好幾個人說，我需要保險套。這幾個人又向另外的幾個人說。於是泉也從一個女同學那裡聽到了。放學後她把我叫到學校的屋頂上去。

「喂！阿始，聽說你從西田那裡得到保險套啊？」她說。〈保險套〉這字眼發音好像非常困難似的。她說到〈保險套〉時，聽起來就好像是會帶來極嚴重疾病的不道德黴菌似的。

「啊，嗯。」我說。然後尋找著適當的句子。可是適當的句子卻一個也找不到。「我沒有什麼特別的意思，只是從以前開始就覺得好像有那麼一個會比較好一點吧。」

「你是為了我而準備的嗎？」

「也不是特別這樣子啊。」我說。「只是覺得有一點好奇，不知道那到底是什麼而已。不過如果這件事讓妳覺得不高興的話，那我道歉好了。還給他也可以。丟掉也可以。」

我們在屋頂角落一張石頭小長椅上並排坐下。因為天氣好像快要下雨的樣子，所以屋頂除了我們以外一個人也沒有。四周眞的是靜悄悄的，屋頂居然這樣安靜這還是第一次覺得。

學校在山上，從屋頂可以一望無際地眺望整個市鎭和海。我們有一次從廣播室裡偷了十幾張舊唱片，從屋頂上像飛盤一樣的丟出去。那些唱片畫出優美的拋物線在空中飛行。乘著風，彷彿獲得了片刻的生命一般，幸福地飛向海港的方向去。不過其中的一片沒有搭好風勢，就飄飄忽忽笨笨地落到網球場上，把在那裡練習揮拍姿勢的一年級女生們嚇了一跳，後來引起相當大的問題。那是一年多以前發生的事，而現在我卻在同一個地點，被女朋友逼問保險套的事。抬頭看看天空，看見鳶正慢慢地畫著一個漂亮的圓。我想像做一隻鳶一定很棒。牠們只要在空中飛就行了。至少不必爲避孕的事傷腦筋。

「你眞的喜歡我嗎？」她以平靜的聲音問我。

「當然哪。」我回答。「當然喜歡妳。」

她嘴唇閉成一直線，就那樣從正面看著我的臉，一直盯著看好久，看得我都不自在起來。

「我也喜歡你喲。」過一會兒之後她說。

我想她要說：可是。

「可是，」她果然接著說，「不要急。」

我點點頭。

「不要太性急。我有我的步調噢。我不是那種靈巧的人，對很多事情我都需要花時間去準備。

你能不能等？」

我又再點了一次頭。

「你可以跟我明確的約定嗎？」她說。

「我跟妳約定。」

「你不會傷害我？」

「不會。」我說。

泉低下頭看著自己的鞋子。那是普通的輕便皮鞋。跟我的皮鞋比起來，小得像玩具一樣。

「好可怕噢。」她說。「最近我常常覺得自己好像變成一隻沒有殼的蝸牛一樣。」

「我也覺得好可怕。」我說。「我常常覺得自己好像變成一隻沒有蹼的青蛙一樣。」

她抬起頭看我的臉，而且只稍稍笑了一下。

然後我們不約而同地走到建築物的陰影下，擁抱著親吻。我們是失去殼的蝸牛，是失去蹼的青蛙。我抱緊她讓她的胸部緊緊貼近我的胸部。我的舌頭和她的舌頭輕輕接觸。我的手從襯衫上觸摸她的乳房。而她並沒有抵抗。她只安靜地閉上眼睛嘆了一口氣而已。雖然她的乳房並不怎麼大，但包在我手掌中卻非常親密貼切。簡直就像一開始就爲這而生的似的。她把手掌貼在我的心臟上。那手掌的感觸彷彿和我胸部的鼓動完全密合。她和島本當然不一樣，我想。這個女孩無法給我和島本給我的一樣的東西。不過她卻這樣屬於我，而且想要給我她能夠給的東西。我有什麼理由非要傷害她不可呢？

不過那時候的我卻不知道。自己可能會在什麼時候，對什麼人，造成不可挽回的深深傷害。人類在某些情況下是：只要這個人存在，就足以對某人造成傷害。

3

我和泉從此以後繼續交往了一年以上。我們一星期約會一次。去看看電影、到圖書館一起做功課，或沒有什麼特定目的地到處逛逛。不過我和她在性關係上並沒有走到最後階段。偶爾父母親外出不在的時候，我會叫她到家裡來，然後我們在床上擁抱。這種情形我想一個月大概有兩次左右。不過即使家裡面只有我們在的時候，她也絕不脫衣服。她說不知道什麼時候誰會回來，那時候如果沒穿衣服一定很麻煩。在這方面她很用心。我想她並不是膽小，只是個性上不能忍受自己被逼到任何窘迫難堪的狀況。

因此我總是不得不隔著衣服擁抱她，從內衣之間伸手進去，非常笨拙地愛撫她的肉體。

「不要急嘛。」每次我露出失望的表情時她就說「在我準備好以前，拜託再稍微等一下。」

說真的我並不特別著急。我只是對各種事情都覺得相當困惑和失望。不用說我是喜歡泉的，也很感謝她能做我的女朋友。如果沒有她的話，我的十幾歲的日子一定更無聊而缺乏色彩了。她基本上是個坦誠而愉快的女孩子，很多人都對她有好感。我們的興趣很難說相合。我想我讀的書，我聽的音樂她幾乎都不瞭解。所以關於這方面的東西，我們從來就沒有站在對等的立場交談過。在這一點上，我和泉的關係跟我和島本的關係就相當不同。

不過坐在她旁邊，用手接觸她的手指，我的心情就能夠很自然地變溫和。跟別人不能講的事，對她也可以比較輕鬆地說出來。我喜歡吻她的眼瞼、嘴唇。喜歡撩起她的頭髮吻她那小小的耳朵。我這樣做的時候，她就咯咯地笑。我現在回想她時，眼前總是浮現安靜的星期天早晨的情景。安穩而天氣美好，一天才剛剛開始的星期天。沒有習題，只要做喜歡做的事就行的星期天。她常常給我這樣的星期天早晨一般的心情。

當然她也有缺點。她對某種事情，多少有些過份頑固，而且也不能不說她缺乏想像力。她不打算踏出她過去所屬的，成長過來的世界。也不會對什麼事情熱中得廢寢忘食。還有她敬愛雙親。她所說出口的有些意見——雖然現在想起來以一個十六、七歲少女來說是極理所當然的——平板而欠缺深度。這有時候讓我覺得滿乏味的。不過我從來沒聽她說過任何人的壞話，也沒提過引以自豪的事情。而且她喜歡我，看重我。我說的話她能認眞聽，而且鼓勵我。我跟她談了很多關於我自己的事和自己的未來。以後想做什麼，想當一個什麼樣的人。就像大多數那個年代的少年經常會提起的，純粹非現實的夢話。可是她都好好的熱心聽。而且甚至還鼓勵我。「我想你一定會成爲一個很傑出的人。因爲你身上擁有某種很棒的東西。」泉說。而且她是眞心說的。有生以來，只有她對我說過這樣的話。

而且我能擁抱她——即使是隔著衣服——也很棒。我覺得困惑而失望的是，不管經過多久我都沒辦法在泉身上發現「爲我存在的東西」這一點。我可以把她的優點條列出來，而且那項目絕對比缺點多得多。那應該比我這個人所擁有的優點清單要長。但她卻缺少了決定性的什麼東西。如果我能從她身上找到那個「什麼」的話，我想我一定已經和她睡過了。我恐怕絕對無法忍耐吧。我想就算要花很長時間，我也會說服她，讓她瞭解爲什麼她非跟我睡覺不可。不過畢竟是我自己沒有非要那樣做不可的信心。我當然只不過是一個滿腦子性慾和好奇心的十七、八歲不懂事的少年而已。不過我頭腦的某個部分卻知道。如果她不願意做愛的話，不應該勉強她，至少不得不耐心等待適當時機的來臨。

不過我只有一次，抱過赤裸的泉。我明白地向泉表示我不喜歡隔著衣服抱她。我說如果妳不想做愛的話，不要也可以。可是我無論如何都要看妳的裸體，希望抱什麼也不穿的妳。還說，我必須這樣做，我已經沒辦法再忍耐了。

泉考慮了一會兒後說，如果你眞的這樣希望，那麼這樣也可以。「可是你要答應，」她表情非常認眞地說「只有這樣噢，我不想做的事不能做噢。」

放假日她到我家來了。那是十一月初晴朗得很舒服，但有一點點冷的星期天。母親和父親有事情到親戚家去了。那好像是父親方面的親戚做法事之類的，本來父親說我也該去參加的，但我說要準備考試而一個人留在家裡。他們應該會到晚上很晚才回來。泉中午過後過來。我們在我房間的床上擁抱。然後我開始脫她的衣服。她閉著眼睛，什麼也沒說地讓我脫衣服。不過我卻費了很大的功夫。本來我的手就不巧，而且女孩子的衣服實在很麻煩。結果泉中途忍不住張開眼睛，自己把衣服全部脫下，她穿著淺藍色的小短褲，還有和那成一套的胸罩。不知道她是不是爲了那天自己特別買的。從前她都穿一般的母親會買給高中女兒的那種內衣。然後我也把自己的衣服脫掉。

我抱住她什麼也沒穿的身體，吻著她的脖子和乳房。我撫摸她光滑的肌膚，可以聞到她皮膚的香味。兩個人赤裸地互相擁抱感覺眞棒。我想進入她體內，想得快瘋了。可是她卻堅決地阻止。

「對不起。」她說。

不過代替這個她用嘴含住我的陰莖，爲我動著舌頭。她是第一次爲我做這件事。她的舌頭在我的龜頭上動了幾次之後，我沒有任何思考的餘地立刻就射精了。

我在那之後一直抱著泉的身體。我慢慢的撫摸她身體的每一個細部。望著她被窗外射進來的秋天的陽光照著的身體。用嘴唇吻她的各個地方。那眞是一個美好的下午。我們赤裸著身體緊緊地擁抱了好幾次。而且我射精了幾次。我每次射精，她就到洗手間去漱口。

「好不可思議的東西喲。」泉說著笑了。

我和泉雖然交往了一年多一點，但那個星期天下午確實是我們兩個人一起度過的最幸福的時刻。彼此赤裸相對之後，可以感覺到我們已經沒有任何事情互相隱瞞了。我覺得現在好像比以前更瞭解泉似的。她應該也有同樣的感覺。必要的只是微小的累積。不光是言語或約定，而是靠微小的具體事實一件一件小心地累積起來，我們才能稍微向前進步一點。我想她所要求的，終究也就是這樣的事情吧。

泉把頭放在我的胸上很長一段時間，好像在聽心臟的聲音似的一直安靜不動。我撫摸她的頭髮。我十七歲，很健康，快要變成大人了。那眞是一件美好的事。

不過快接近四點，她正準備要回家的時候，玄關的門鈴響了。剛開始我們打算不理會。雖然不知道誰來了，但只要不出去不久應該會回去吧。可是門鈴卻執拗地繼續響了好幾次又好幾次。感覺眞討厭。

「是不是家裡人回來了？」泉臉色發青地說。她從床上起來，開始抓起自己的衣服。

「沒問題，沒有理由這麼早回來，而且也沒有必要特地按門鈴，他們自己有鑰匙啊。」

「我的鞋子。」她說。

「鞋子？」

「我的鞋子放在玄關沒收起來。」

我穿上衣服走下去，把泉的鞋子藏在鞋櫃裡然後開門。阿姨就站在門外。她是母親的妹妹，一個人住在離我們家搭電車大約一小時左右的地方，偶爾會來我們家玩。

「你在幹什麼啊？我一直按了好久的門鈴。」她說。

「我戴著耳機聽音樂，所以沒聽見啊。」我說。

「不過我爸媽都出去了，說是去參加一個法事，要到晚上才回來。我想妳應該知道吧。」

「我知道啊。不過正好有事到這附近來，你又在家做功課，所以我想過來幫你做晚飯哪。東西都買來了呢。」

「阿姨，晚飯我自己也會做啊，又不是小孩。」我說。

「不過反正東西都買來了，沒關係，你不是很忙嗎？我來做飯，你去好好用功吧。」

完了完了，我想。這下死定了。這麼一來，泉就回不去了。我們家要到玄關必須通過客廳，要出門外又不得不通過廚房的窗前。當然也可以向阿姨介紹泉，說她是來玩的朋友。但我是應該拚命用功準備考試的，所以如果把女孩子叫到家裡來的事情拆穿了會很麻煩。也不可能拜託阿姨對父母親保密。雖然阿姨不是壞人，但卻沒辦法自己一個人把事情藏在心裡。

阿姨進廚房去準備整理食品的時候，我把她的鞋子拿到二樓自己房間。泉已經完全穿好衣服了。我向她說明事情的情況。

她臉都發青了。「我到底要怎麼辦才好。如果一直躲在這裡出不去的話怎麼辦？我也必須在吃晚飯之前回到家啊。如果回不去那會很糟糕。」

「沒問題，我會想辦法。一定會順利的，妳別擔心。」我說，先讓她鎮定下來。不過其實我也完全不知道該怎麼辦才好。腦子裡毫無頭緒。

「還有我吊襪帶的絆扣也掉了，我找了好久都沒找到，你有沒有看見？」

「吊襪帶的絆扣？」我說。

「很小的東西，差不多這麼大的金屬做的。」

我試著在房間地板上和床上找，不過卻沒發現那樣的東西。「沒辦法妳只好不穿絲襪回去了，很抱歉。」我說。

我到廚房去看看，阿姨正在調理台上切著青菜。「沙拉油不夠了，你出去幫我買好嗎？」阿姨跟我說。因爲沒理由拒絕，所以我騎了腳踏車，到附近的商店去買沙拉油。四周已經有點昏暗了。我逐漸擔心起來。再這樣下去泉會眞的出不了我家。在父母親回來之前我不能不想辦法。

「我看只能趁阿姨上洗手間的時候，妳就悄悄地出去。」我對泉說。

「你想行得通嗎？」

「總得試試看吧。這樣一直不動也不是辦法啊。」

我和泉商量，我到樓下去，如果阿姨上洗手間我就大聲拍兩次手。於是她就趕快下樓，穿上鞋子出去。如果能順利脫身，就在稍過去一點的電話亭打電話給我。

阿姨很輕鬆地一面唱歌一面切菜，做味噌湯，煎蛋。不過經過好久好久她都不上洗手間。那使我非常急躁不安。我想或許這個女人擁有特別巨大的膀胱。不過就在我幾乎要放棄的時候，阿姨終於解下圍裙，走出廚房。我確定她已經進洗手間之後立刻跑進客廳，用力拍了兩次手。泉提著鞋子走下樓梯，趕快穿上，悄悄從玄關出去。我走到廚房，確認她平安無事地走出門去。然後立刻，幾乎是擦身而過地阿姨就從洗手間出來了。我嘆了一口氣。

五分鐘之後，泉打電話來。我說十五分鐘後回來，就走出門去。她在電話亭前站著等我。

「我非常討厭這樣的事情。」我還沒開口之前，泉就這樣說。「這種事情我再也不會做了。」

她很慌亂，很生氣。我把她帶到車站附近的公園去，讓她在一張長椅上坐下。然後溫柔地握住她的手。泉在紅毛衣上穿了一件淺灰褐色外套。那裡面所有的東西都讓我覺得好懷念。

「可是今天真的是美好的一天哪。當然是指阿姨來之前。妳不覺得嗎？」我說。

「我當然也很快樂。我跟你在一起的時候『總是』很快樂的。可是後來剩下一個人的時候，我對很多事情又都變得不肯定了。」

「例如什麼事呢？」

「例如以後的事啊。高中畢業以後的事。你大概會去上東京的大學，我會留在這裡上這裡的大學。我們以後到底會怎樣呢？你對我到底有什麼打算呢？」

我已經決定高中畢業之後到東京上大學。我開始想我有必要離開這個地方，離開雙親自己獨立，一個人生活下去。雖然依我歷年的總成績來看不算太好，但有幾個自己喜歡的科目沒怎麼用功就可以拿到馬馬虎虎還不錯的成績，所以我想有些入學考試科目不多的私立大學應該不難進去。不過她和我一起到東京的可能性卻完全沒有。泉的父母親希望把她留在身邊，而泉也不想違背他們的意願。她從過去到現在從來沒有一次反抗過她父母。所以泉當然也希望我留在這裡。她說，這裡也有好大學呀，為什麼非要特地到東京不可呢？我想如果我說不去東京的話，或許她就會立刻跟我睡了。

「喂！又不是到國外去，只要三個小時就可以來來回回呀。而且大學的休假都很長，一年裡面有三個月或四個月在這邊哪。」我說。這是我跟她說明了幾十次的事。

「可是你如果離開這裡，一定會把我忘掉。而且再發現別的女孩子啊。」她說。這也是她對我說過幾十次的話。

每次我都跟她說不會有這回事。我說我喜歡妳，不會那麼容易就忘記妳。不過說眞的，我並沒有那麼肯定。有時候光是場所改變，時間和感情的流動就會完全改變。我想起和島本離開時的事。即使兩個人都感覺那樣親密，可是一旦上了中學，搬到別的鎭上時，我和她就分別走上不同的路了。我曾經那麼喜歡過她，她也叫我去玩。但是結果我卻不再去了。

「有些事情我不太明白。」泉說。「你說你喜歡我，而且尊重我，這些我知道。可是你眞的在想什麼，我常常覺得弄不清楚。」

泉這樣說完，就從大衣口袋拿出手帕來，擦著眼淚。她在哭，我竟然沒發現。我不知道該說什麼，於是等她繼續說下去。

「我想你一定喜歡自己一個人在腦子裡想各種事情。而且不太喜歡別人去刺探。這或許因爲你是獨生子的關係，你已經習慣自己一個人去思考，去處理各種事情。只要自己知道，就行了。」泉這樣說著搖搖頭。「這常常使我很不安。覺得好像被遺棄了似的。」

好久沒聽人提過獨生子這字眼了。我想起這字眼在小學時候曾經多麼傷害過自己。不過現在泉卻以完全不同的意義提到這字眼。泉說我「因爲你是獨生子」的時候，她所指的意思，並不是被寵壞、被溺愛的意思，而是指我經常不想從自己一個人的世界走出外面，容易傾向孤立的自我而言的。她並沒有責備我的意思，她只是爲這件事感到悲哀而已。

「我也很高興能夠和你那樣互相擁抱，也想過或許各種事情都會這麼順利的進展下去。」臨分手時泉說。「可是，事情沒有這麼簡單哪。」

我從車站走回家的路上，試著想想她所說的話。她想說的事我大概都能瞭解。我並不習慣向別人打開我的心。我想泉已經向我打開她的心了。不過我卻做不到。我雖然喜歡泉，但在眞正的意義上卻沒有接納她。

從車站到家裡的路是我走過幾千次的，可是那時候，在我眼裡看來卻像是我從來沒見過的陌生地方的光景似的。一面走著，我一直回想那天下午擁抱泉的裸體的事。想起她那變硬的乳頭，無依的陰毛，柔軟的大腿。於是我的心情逐漸變得難過不安起來。我到香煙店的自動販賣機買了香煙，回到剛才和泉一起坐過的公園長椅，爲了讓情緒穩定下來而點上煙。

如果阿姨沒有突然闖進來，或許很多事情都會順利進行吧，我想。如果什麼事也沒發生的話，我們很可能可以一直以更愉快的心情告別，一定會覺得更幸福的。不過就算今天阿姨沒來，總有一天一定也會發生類似的事情。即使今天沒發生，很可能明天就會發生。最大的問題是我不能說服她。而爲什麼我不能說服她，是因爲我無法說服我自己。

天黑之後，風忽然急速變冷，告訴我冬天立刻要接近了。而新年一過，不久入學考試的季節就要來臨，然後一個完全嶄新的地方的完全嶄新的生活正在等著我。而那新的狀況或許會讓所謂我這樣一個人起很大的變化。而我雖然一面抱持著巨大的不安，另一方面卻也強烈地追求著那樣的變化。我的身體和心都在追求著未知的土地，新鮮的氣息。那一年很多大學被學生佔據了，示威的風暴席捲了東京街頭。世界眼看著好像即將發生極大的變化，我已經希望自己的肌膚能夠親自感覺到那發熱。就算泉強烈地希望我留在這裡，就算她拿那當交換條件答應跟我睡覺，我都已經不打算繼續再留在這個安靜而高尚的市鎮了。就算這樣一來，她和我的關係會因此而結束也好。如果我留在這裡的話，我內心一定有什麼會失去。但我想那是我所不能失去的。那就像是一個模糊的夢似的東西。那裡面有光，有疼。那或許只有限定在一個人十幾歲的後半段時期，才能夠抱有的那種夢。

而那也是泉所無法理解的夢。那時候的她正在追求的，又是另一種形式的夢，應該存在於另外一個地方的世界。

不過結果，在那新的地方的新的生活實際開始之前，我和泉卻遇到一個預料不到的突然的變局。

4

我第一次睡覺的女孩子，是個獨生女。

她是——或許應該說她也不是——一起走在街上時，擦肩而過的男孩子會忍不住回過頭來再看一眼的那一型。不如說幾乎不起眼比較接近。雖然如此我第一次和她見面時，自己也不知道爲什麼居然會強烈地被她吸引。那就好像大白天走在街上，突然間被眼睛看不見的無聲的雷打中了一樣。這裡面既沒有保留，也沒有條件。沒有原因也沒有說明。沒有「可是」也沒有「如果」。

我試著回顧自己過去的人生，除了極少數的例外之外，我的心幾乎從來沒有被一般意義上所謂的美人強烈吸引過的經驗。我跟朋友走在路上，是曾經有朋友說過「喂！現在走過去的女孩子漂亮吧？」不過說來也奇怪，我會說「漂亮啊」的女孩子的臉我卻想不起來。我的心也不曾被美麗的女明星或模特兒吸引過。雖然不知道爲什麼，但總之就是這樣。我的現實世界和夢的領域之間界線非常模糊，連最能發揮所謂愛慕這種東西的強大威力的十幾歲初期，我對美麗的女孩子們，也不過覺得她們只是美麗而已，心卻不會被她們吸引。

我會被強烈吸引的，不是那種能夠數量化、一般化的表面的美，而是在那深處所擁有的更絕對性的某種東西。正如有些人悄悄地喜歡大雨、地震和大停電一樣，我也喜歡異性對我發出那種強烈而隱密的什麼。那個什麼，在這裡假設稱它爲「吸引力」。一種不管你喜不喜歡，同不同意，就是會引你靠近，吸你進去的力量。

或許那力量可以拿香水的氣味來比喻。到底是靠什麼作用，產生擁有那種特殊力量的氣味呢？恐怕連製造那香水的調香師自己都沒辦法說明。用科學方法也很難分析。但不管有沒有說明，某種香料的配合，能夠像交尾期野獸的氣味一樣地吸引異性。有些氣味也許能在一百個人之中吸引五十個人。或許另一種氣味能夠吸引另外那五十個人。可是和這些不同的是，這世界上也有在百人之中只能極端激烈地吸引一個或兩個人的氣味。那是很特別的氣味。而我卻有能力清清楚楚地感覺到那樣的特別氣味。我知道那是爲了我的宿命性的氣味。就算從很遠很遠的地方也能夠聞得出來。那樣的時候，我會走到她們旁邊去，想要這樣說「喂，我知道噢。也許其他的人都不知道，但是我知道噢。」

我從第一次和她見面的時候開始，就想我要跟這個女人睡覺。如果更正確地說應該是：我想我不能不跟這個女孩睡覺。而且本能地感覺到這個女孩也想跟我睡覺。我站在她眼前眞的是名副其實的身體直發抖。而且我在她前面的時候，激烈地勃起了幾次，連走路都覺得困難。那是我有生以來第一次經驗到的吸引力（我對島本也許感覺到過那樣的原型，但那個時候的我還太不成熟，不能把那稱爲吸引力）。我遇見她時是十七歲的高三學生，對方是二十歲的大二女生。而她偏偏正巧是泉的表姊。她也有她的男朋友。不過那對我們來說並不構成妨礙。如果她是四十二歲，有三個小孩，屁股上長了兩條尾巴，我想我也會不在意吧。那吸引力就是這樣的強。我很清楚地想道，我不能就這樣讓這個女人擦肩走過。我如果這樣一定會後悔一輩子。

總而言之，就這樣我有生以來第一次性交的對象，是我女朋友的表姊。而且不是普通的表姊，是非常親密的表姊。泉和她從小就很好，經常來來往往。她在京都大學上學，住在御所西側租的公寓裡。我和泉兩個人去京都玩時，找她出來一起吃中飯。那是泉到我家，我們互相赤裸擁抱，因爲阿姨來訪鬧得不歡而散，那個星期天的兩週之後。

我在泉離開座位的時候，對她說我想打聽有關她上的那所大學的事，向她要了電話號碼。兩天後，我打電話去她住的地方，說如果方便希望下個星期天能見面。她停了一會兒之後才說：好啊，那一天正好整天有空。我聽了那聲音，就確信她也想和我睡覺。我從她聲音的音調，可以清清楚楚地感覺到。下一個星期天我就一個人到京都去見她，而且那個下午已經跟她睡了。

我和那位泉的表姊從此以後的兩個月之間，腦漿都快溶掉似的激烈做愛。我和她既沒去看電影，也沒去散步。既沒談小說、談音樂、談人生，也沒談戰爭、談革命，什麼也沒談。我們只是性交而已。當然我想輕微的寒暄之類可能是有的。不過到底說了什麼幾乎都想不起來。我們記得的，只有在那裡的一些瑣碎的具體東西的印象而已。放在枕頭邊的鬧鐘，掛在窗上的窗簾，桌上的黑色電話機，月曆的照片，床上她脫掉的衣服。還有她肌膚的氣味，和那聲音。我什麼也沒問她，她也什麼都沒問我。不過只有一次我和她一起躺在床上時，忽然想到，就試著問她說：妳會不會碰巧是獨生子。

「是啊。」她滿臉驚訝地說。「我是沒有兄弟姊妹，不過你怎麼知道？」

「也沒什麼爲什麼，只是有點那樣的感覺。」

她看著我的臉一會兒。「你會不會碰巧是獨生子？」

「是啊。」我說。

我跟她的交談留在記憶裡的只有這些。我忽然感覺到一種類似靈感似的東西。這個女人會不會是個獨生女。

除了眞正必要的時候，我們連吃喝都免了。我們只要一碰面，幾乎連口都沒開就立刻脫衣服，上床擁抱，做愛。那裏沒有階段，也沒有程序。我在那裡所提示的東西只有單純的貪慾而已，她可能也一樣。我們每次見面都性交四次或五次。我是名副其實的精液耗盡爲止，激烈得龜頭都脹起疼痛。不過雖然那麼樣的熱情，雖然互相感受到那麼激烈的吸引力，但彼此腦子裡都沒有想到過自己已經變成了男女朋友，以後能不能長久幸福地在一起之類的事情。對我們來說，那是所謂龍捲風似的東西，終究是要過去的。我想，我們已經感覺到這種事情「沒有理由」永久持續下去。所以我們每次見面的時候，之所以能夠這樣擁抱，是因爲頭腦的某個地方懷有這或許是最後一次的想法，而那樣的想法則使我們的性慾更加高張。

正確地說，我並不愛她。她也當然並不愛我。但是不是愛對方，那時候對我並不是重要的問題。重要的是，自己現在，正被「什麼東西」激烈地捲進去，而那「什麼東西」之中應該含有對我很重要的東西，這回事。我想要知道那是什麼。非常想知道。如果可能的話，我甚至想把手插進她肉體裡面，直接接觸那「什麼東西」。

我喜歡泉。不過她卻一次也沒有讓我嘗過這種不可理喻的力量。比較起來，我對這個女人的事情一無所知。也沒有理由感覺到愛情。不過她卻令我震撼，激烈地吸引我。我們之所以沒有認眞交談過，是因爲覺得沒有必要認眞交談。要是有認眞交談的「能量」的話，我們寧可用來再做一次愛。

我想我跟她這樣的關係，或許會沈迷得連喘一口氣的閒工夫都沒有地持續個幾個月之後，就各自分手了。因爲那時候的我們所做的，連疑問都毫無插入的餘地，是極其自然而當然的行爲，也是必要的行爲。類似愛情、罪惡感或未來之類的東西插進來的可能性，從一開始就被排除在外。

所以，如果我和她的關係不曝光的話（但事實上這一定是很困難的。因爲我實在太熱中於跟她做愛了），或許我和泉在那以後還會持續交往也不一定。我們或許會繼續保持一年中只有大學放假的幾個月期間見面約會的男女朋友關係吧。這種關係不知道能維持多久，但我覺得幾年之後，不一定由誰開始，我們還是會很自然地分開。我們兩人之間，有幾個很大的差異點，那是會隨著年齡成長，而越變越大的那種差異點。現在回過頭去看，我其實很清楚。不過就算我們末了不得不分開，如果我和她的表姊沒有上床的話，我們應該會以比較安穩的方式分手吧，應該能以更健康的姿態踏進新的人生階段吧。

但實際上卻不然。

實際上我卻深深地傷害了她。我損壞了她。她到底受傷多深，到底損壞多重，我也大致可以想像得到。以泉的成績本來可以輕易考上的大學也沒考上，只能進一家不知道什麼地方的不知名的小小女子大學。我跟她表姊的關係曝光之後，只和泉見面談過一次。我和她在經常約會時用來互相等候的喫茶店裡長談。我試著向她解釋什麼。盡可能坦白地、小心選擇用語，我想把自己的心情傳達給泉。說我和她表姊之間所發生的事，絕對不是本質上的事，說那不是在本來的正軌上所發生的事。那是屬於一種類似物理上的吸引力之類的東西，我甚至連背叛了妳的愧疚幾乎都沒有，那對我和妳的關係一點都沒有影響。

不過當然泉不會瞭解這個。而且說我很骯髒、說謊。確實也正如她所說的。我對她保持沈默、暗中背著她和她表姊睡覺。還不是一次或二次，而是十次或二十次。我一直在欺騙她。如果那是正常的話，應該就沒有必要欺騙。我應該一開始就對她明說，我想和妳表姊睡覺，想得腦漿都快溶化了，想用所有一切的體位做千百次，但那是和妳沒關係的行為，所以希望妳別介意。但以一個現實問題而言，卻不可能向泉那樣說。所以我說謊了。說了一百次、二百次謊。我隨便捏造理由推掉和她的約會而跑到京都，去和她表姊睡覺。關於這點我沒有辯解的餘地，而且不用說一切責任都在我這邊。

我和她表姊的關係被泉知道，是在一月接近終了的時候。那是我第十八次生日後的不久。二月裡我去參加幾個大學的入學考試，全都順利考上，三月底我就要離開這個地方到東京去了。我在離開之前打了幾次電話給泉。不過她已經不肯再跟我說話了。我也寫了幾次很長的信，但沒有回信。我想總不能這樣子離開吧。沒有理由讓泉在這種狀態下一個人留在這裡。不過不管怎麼想，現實上卻什麼也做不到。泉已經不願意以任何形式，和我保持任何關係了。

在往東京的新幹線上，我一面呆呆望著窗外的風景，一面思考自己到底是什麼樣的一個人。我看看自己放在膝蓋上的手。看看自己映在玻璃窗上的臉。所謂在這裡的這個我到底是什麼東西？

我想。我有生以來第一次對自己感到激烈的嫌惡。爲什麼做得出這種事呢？我想。不過我知道，如果再一次把我重新放回一樣的狀況的話，還是可能重複發生一樣的事情。我還是會對泉說謊而去和她表姊睡覺。就算這樣是會多麼的傷害泉也一樣，要承認這點很痛苦，但卻是事實。

當然我傷害泉的同時，也傷害了自己。我深深地——比我當時所感覺到的更深地——傷害了自己。從這裡我應該得到很多教訓才對的。不過幾年過去之後重新回頭看時，我從那次的體驗所得到的，只有一個基本事實，那就是所謂我這樣一個人，終究是以惡形成的人，這件事實。我從來沒有想過要對什麼人做壞事。但不管動機如何，想法怎樣，我卻會依需要而任自己爲所欲爲，最後導致殘酷的結果。連對我本來應該非常珍惜重視的對象，都會製造藉口，而造成無法挽回的決定性傷害。

我上大學時，希望再一次搬到新的地方，再一次獲得新的自我，再一次開始新的生活。靠著變成一個新人，能夠訂正過去的過失。剛開始時，看起來好像可以順利進行下去的樣子。不過結果，不管到什麼地方，我還是我。我還是重新犯下一樣的錯，一樣地傷害別人，而且傷害自己。

過了二十歲之後，我忽然想通，我或許永遠也做不了一個正常人。我犯了幾次錯。不過那或許並非眞正的過錯。那與其說是過錯，不如說是我自己所擁有的類似本來的傾向之類的東西。一想到這裡，我心情就變得非常黯淡。

5

關於大學四年的事情，沒什麼值得一提的。

剛上大學的第一年，我參加了幾次示威遊行，也跟警察隊鬥爭。支持大學的罷課，也到政治性集會去露臉。在那裡也認識了幾個頗有深度的有趣的人。不過我對那樣的政治鬥爭，卻沒辦法打從內心熱中參與。去參加示威遊行和旁邊的人手拉手時，我總覺得有點不舒服，而面對警察隊伍不得不丟石頭時，也總覺得自己好像變成不是自己了似的。這眞的是我所要的東西嗎？我想。我跟別人之間，沒辦法擁有所謂的連帶感。籠罩著街頭的暴力氣息，和人們口中強有力的話語，在我心中逐漸失去了光輝。我逐漸懷念起我和泉兩個人所度過的時間。不過已經沒法回去了。我已經把那個世界丟在後面，自己離開了。

而另外一方面，我對大學裡所教的東西幾乎也沒什麼興趣。我選的課大半都沒意義而無聊。那些沒有一件能夠吸引我的心。我忙著打工，很少到校園露面，所以四年能夠畢業，眞可以說是僥倖。我也交了女朋友。三年級的時候，同居了半年。不過結果還是吹了。那時候我也不知道自己對人生到底要追求什麼？

等到一留神時，政治季節已經過去。看起來曾經一度像是搖撼時代的巨大胎動似的幾種波動，也簡直像失去風的旗子一樣，勢力盡失，而被吞進欠缺色彩的宿命性日常之中去了。

大學畢業後，在朋友介紹之下，我進入一家編輯出版教科書的公司上班。我把頭髮剪短，穿上皮鞋，穿起西裝。看起來雖然是一家不起眼的公司，但那一年的就業狀況對文學科系畢業的人來說並不怎麼有利，何況以我的成績和人際關係，如果想進更有趣的公司，恐怕只會吃個閉門羹。所以能進那家公司已經不錯了。

工作不出所料很無聊。雖然工作場所的氣氛本身還不錯，但很遺憾的是我對編輯教科書這種作業，幾乎感覺不出任何樂趣。不過有半年時間我還是熱心地投入工作，試著想從裡面找出一點趣味來。我想不管什麼樣的事情，只要試著盡全力去做，應該會得到什麼。不過最後我還是放棄了。不管怎麼努力這工作還是不適合我，這是我所得到的最後結論。我實在覺得好失望。覺得我的人生好像就到這裡結束了似的。我想，往後的歲月，難道就要葬送在這毫無趣味的教科書製作中嗎？如果沒發生任何事情的話，離退休還有三十三年，每天每天都要面對桌子看打樣校對，算行數，訂正漢字注音。然後找個差不多的女人結婚，生幾個孩子，每年兩次的獎金幾乎是唯一的快樂，就這樣過一生嗎？我想起泉以前對我說的話。「我想你一定會做一個傑出的人，因為你身上有非常棒的東西。」我每次想到這句話，心情就非常苦悶。泉！我身上實在沒有任何很棒的東西呀！我想現在妳也已經很淸楚了。不過沒辦法，誰都會弄錯的。

我在公司幾乎像機器一樣地做完上面交下來的工作，剩下的時間，就一個人讀讀喜歡的書，聽聽喜歡的音樂過日子。我逐漸認爲工作這東西本來就是無聊的義務性作業，我只能有效利用剩下來的時間，多少爲自己享受人生。所以我下班後並不和工作上的伙伴一起去喝酒。並不是跟別人相處不好，或刻意疏離別人孤立自己。只是不打算在工作以外的時間，在公司以外的場所，和同事們積極地發展私人性的人際關係而已。如果可能的話，我盡量想把自己的時間留給自己一個人。

這樣的生活轉眼之間就過了四年或五年。在那期間我交了幾個女朋友。不過沒有一個交得長的。我跟她們約會幾個月，然後就會這樣想「不對，不該這樣子」。我無論如何都沒辦法從她們身上找到爲我而預備的什麼。我和她們之中的幾個睡過覺。不過在那裡已經沒有類似感動的東西了。那是我人生的第三階段。從上大學到迎接三十歲爲止的十二年間，我在失望、孤獨和沈默中度過。在那期間我幾乎沒有和任何人的心靈互相溝通過。那對我來說，可以說是被冷凍的歲月。

我比以前更深地躲進自己一個人的世界裡。我習慣一個人吃飯、一個人散步、一個人到游泳池去游泳，一個人去聽音樂會，或看電影。而且這樣並不特別覺得寂寞或難過。我常常想到島本，想到泉。她們現在不知道在哪裡？正在做什麼？或許兩個人都已經結婚了，說不定孩子都有了。不過不管境遇如何，我總是希望能和她們見個面，至少談一點話也好。只要一個鐘頭也好。如果是島本的話，或者是泉的話，我就可以比較正確地表達我的心情。我想到該如何和泉言歸於好的方法，想到該如何和島本重逢的方法，以這來打發時間。我想如果眞的能這樣的話，不知道該有多好。可是我並沒有做任何努力去實現這想法。結果她們只是已經從我的人生之中失去的存在。時鐘是不能逆轉的。我變得經常自言自語，夜裡一個人喝酒。也是在那個時候開始想到或許我會一輩子都不結婚。

那是進公司後的第二年，我曾經跟一個腳不好的女孩子約會過。那是兩對一起的約會，我同事邀我一起去的。

「這女孩腳有點不好噢。」他有點難以開口地這樣說。「不過很漂亮，個性也很好。我想你見了一定會喜歡。而且說是腳不好，其實也不怎麼明顯。只是有一點跛而已。」

「這種事我倒不介意。」我說。說眞的，我想如果他那時候沒提出腳不好的事的話，或許我就不會去赴那個什麼約會了。我對於所謂的兩對約會或盲目約會之類的東西已經很厭煩了。不過我一聽說那女孩子腳不好時，就無論如何也拒絕不了那誘惑了。

（說是腳不好，其實也不怎麼明顯，只是有一點跛而已。）

那女孩子是我同事的女朋友的朋友。我想大概是高中同班同學之類的。她個子小小的，五官長得滿端正。不過並不是很華麗的美，而是感覺有點安靜而畏縮的美。那使我想到躲在森林深處不常出來的小動物。我們看完星期天早上的電影，然後四個人一起吃中飯。在那之間，她幾乎都沒說話。對著玻璃杯的水什麼也不說，只是咪咪笑著而已。然後我們分成兩組散步。我和她到日比谷公園去，喝了茶。她和島本不同一邊的腳有點跛。腳的彎曲法也有點不同。島本的腳是有點迴轉似的運行，而她是腳尖有點朝旁邊地筆直拖著走。不過雖然如此，她們的走法還是很像。

她穿著紅色高領毛衣，藍牛仔褲，鞋子是普通的靴子。幾乎沒有化粧，頭髮綁個馬尾巴。說是大學四年級，但看起來更年輕。眞是個話很少的女孩子。不知道是平常就不多說話，還是因為第一次見面緊張說不出口，或者只是缺乏話題，我無法判斷。不過總而言之，剛開始幾乎沒有什麼稱得上會話的東西。我所知道的，大概只有她在私立大學念藥學而已。

「念藥學是不是很有趣？」我試著問她。我和她走進公園裡的咖啡屋喝咖啡。

我這樣說完，她有點臉紅起來。

「沒關係。」我說。「製作教科書，也不是那麼有趣的。這個世上沒趣的事情眞是太多了，不必一一在意呀。」

她考慮了一下。然後終於開口。「並不是特別有趣，只是因爲我家開藥房。」

「哦！關於藥學方面的事，教我一點好嗎？我對藥學眞的是一竅不通。很抱歉，我這六年之間，幾乎沒吃過一粒叫做藥的東西。」

「你身體很強壯啊。」

「托福！一次也沒宿醉過。」我說。「不過小時候身體很弱，經常生病。藥也吃了不少。因爲我是獨生子，所以父母親一定是過份保護我了。」

她點點頭，盯著咖啡杯裡一會兒，等到她下一次開口還要花很長時間。

「所謂藥學，我想確實不是那麼有趣的學問。」她說。「我想世界上一定還有很多事情是比一一去背藥的成分更有趣的。同樣是科學也不像天文學那樣浪漫，像醫學那樣戲劇性。不過那裡面好像擁有更接近身邊的親密感。也可以說是等身大，和身高相等吧。」

「哦。」我說。這女孩子想說話時倒也還能說。只是尋找字句比別人花時間而已。

「妳有兄弟姊妹嗎？」我試著問。

「有兩個哥哥。一個已經結婚了。」

「妳念藥學，將來是不是要當藥劑師繼續經營家裡的藥局？」

她臉又有點紅起來。然後又沈默了很長一段時間。「不知道。我兩個哥哥都上班就業了，也許由我繼續家裡的事業也說不定。不過也沒有這樣決定。如果我沒有意思繼續下去的話，也沒關係，我父親說，他能做的時候藥房就繼續開，以後再把店賣掉也行。」

我點點頭，等她繼續說。

「不過我想由我來接手也好。因爲我腳不好，我想工作也沒有那麼容易找。」

就這樣我們兩個人談談話，度過那個下午。沈默居多，談話很花時間。問她一點什麼她立刻就會臉紅。不過和她談話一點也不覺得無聊，也不會有透不過氣的感覺。我想也可以說我覺得談得滿愉快的。那對當時的我來說，是非常稀奇的。在那家咖啡屋隔著桌子面對面談了一會兒話之後，我甚至覺得好像從很久以前就認識她似的。那是一種類似懷舊的心情。

那麼我的心是不是已經被她強烈地吸引了呢？說眞的，我想我只能說我的心並沒有那麼強烈地被那女孩子所吸引。我對她當然抱有好感，在一起也能快樂地共度時間。她是個漂亮女孩子。正如我同事剛開始說過的一樣，性情也好像很好的樣子。不過在羅列這些事實之後，如果越過這些而問道：在她身上有沒有發現能夠壓倒性地震撼我心的東西時，那麼很遺憾答案是NO。

而島本身上卻有那個，我想。我和那女孩在一起的時候，一直想著島本的事。雖然覺得不應該，但我卻沒辦法不想島本。一想到島本，我的心現在都還會震動。好像自己內心深處的那扇門被悄悄推開了似的，那裡面含有微熱的興奮。但和那位腳不好的漂亮女孩兩個人在日比谷公園散步時，我卻沒有能夠感覺到那一種興奮或震撼。我對她所能感覺到的，只是某種共鳴，和安祥的溫柔而已。

她家，也就是那家藥房，在文京區的小日向。我搭巴士送她到那裡。兩個人並排坐在巴士座位上時，她也幾乎都沒開口。

幾天後同事到我那裡來，說那女孩對你好像相當滿意喲。然後邀我下次休假要不要再四個人一起到什麼地方去。不過我隨便找了一個藉口推掉了。跟她再見面一次面談談話本身並沒有什麼問題。說眞的，我還眞想跟她慢慢地多談一點的。我想如果我們是在別的狀況下相遇的話，或許我們可以變成很好的朋友也說不定。但不管怎麼說那都是兩對約會。那種行爲的本來目的，就是爲了要找男女朋友的。如果和那對象連續兩次約會的話，就會相對的產生某種責任。我不想傷害那個女孩，無論是任何形式的。所以我只好拒絕。而且當然，我和她從此以後沒見過第二次面。

6

還有一次，爲了一個腳不好的女人，我曾經有過一個非常奇妙的經驗。那時候我已經二十八歲。不過因爲那實在發生得太奇怪了，到現在我還沒辦法弄明白，那到底有什麼含意。

年底我在澁谷紛亂擁擠的人羣中，發現一位腳的跛法和島本一模一樣的女人。那個女人穿著紅色長大衣，腋下夾著黑色漆皮皮包，左手戴著手鐲式的銀色手錶。她身上穿戴的東西，看起來好像都很昂貴。我本來在道路對面走著，但眼睛忽然發現她的身影，就急忙穿越人行道。街上擁擠得令人懷疑哪來這麼多人，但我並沒有花太多時間就追上她了。因爲她腳不好沒辦法走太快。而且那腳的運行方式，和我記憶中島本的步法實在太像了。她也和島本一樣，左腳有點扒回來似的拖著走。我一面跟在她後面走，一面不厭倦地望著那被絲襪包裹著的美麗的腳畫著優美的曲線。那是經過漫長年月的訓練，所學會的複雜技術才可能產生的那種優美。

我跟在離她有點距離的後面，暫時就那樣走著。要配合她的步調（也就是逆著人潮的流動速度）繼續走並不簡單。我有時候看看櫥窗，有時候停下來假裝在大衣口袋裡找東西，以調整腳步的速度。她戴著黑色皮手套，沒拿皮包的那一手，提著百貨公司的紅色紙袋。而且儘管在陰沈沈的冬天裡，她還戴著很大的太陽眼鏡。我從她後面能夠看到的，只有整理得很整齊的美麗頭髮（那在肩膀一帶往外側眞是高尙的鬈曲著），還有那看來很柔和而溫暖的紅色大衣的背後而已。當然我很想確定她是不是島本。要確定本身並不很難。只要繞到前面去好好看她的臉就行了。可是如果眞的是島本的話，我那時候應該向她說什麼才好呢？該採取什麼樣的行動呢？首先她是不是還記得我呢？我需要時間整理我的想法。我不能不調整呼吸，整理頭髮，站好姿勢。

我一面注意著不要一不小心超越了她，一面一直跟在她後面。她在那中間沒有回過一次頭，也沒有一次停下腳步。幾乎連旁邊也沒看一眼。看起來她只是朝著某個目的地，一味地繼續走著而已。她正如島本經常做的一樣，背脊挺得筆直，抬著頭走著。如果沒看見她左腳的運行的話，如果只看到腰以上的話，我想誰也不會知道她的腳不好吧。只是走路的速度，比一般人走路的速度多少慢了一點而已。她那種走法，越看越讓我想起島本來。簡直可以說像雙胞胎一樣的走法。

女人穿過澁谷車站前的擁擠人潮，逐漸朝青山方向的上坡道一步一步走上去。到了上坡道，她的走法就變得更慢了。她走了相當一段距離。要搭計程車也不奇怪的距離。就是腳沒怎樣的人走起來都會有點受不了的距離。但她卻一面拖著腳一面繼續走個不停。而我也隔著一段適當的距離跟在後面。她依然一次也沒回頭看後面，一次也沒有站定下來。眼睛連看一下櫥窗都沒有。她拿皮包的手，和提紙袋的手交替更換了幾次。不過除了這個之外，一直保持一樣的姿勢，一樣的步調繼續走著。

她終於避開大路的人潮，往後街走去。她好像對這一帶的地理相當熟悉的樣子。從繁華大街一踏進裡面一步，附近就變成安靜的住宅區。因爲人變少了我必須格外留意隔出更大的距離，跟在後面。

我想總共大約有四十分鐘，我跟在她後面走。走到人影稀少的路上，轉了幾個彎，終於又走出熱鬧的青山道。不過她這次幾乎都不走人潮堆裡。一出到大馬路，好像早已經決定了似的，毫不猶豫地直接走進一家喫茶店。一家兼營西點的不太大的喫茶店。我很小心地在附近逛來逛去消磨了十分鐘左右，才走進那家喫茶店。

我一進去，立刻尋找她的身影。店裡暖和得有點悶熱，但她依然穿著大衣背對著門口坐著。那看起來非常高級的紅色大衣實在太醒目了。我坐在最裡面的那桌。點了咖啡。然後隨手拿起手邊的報紙，一面假裝看著報，一面若無其事地偷偷看她的樣子。她桌上擺了一杯咖啡，但依我看來，她的手碰都沒碰那杯子。只有一次她從皮包裡拿出香煙，用金色打火機點火，但除此之外，並沒有特別做什麼，只是一直安靜地坐在那裡，望著玻璃窗外的風景。看起來也像在讓身體休息一下，但也像在考慮什麼重大的事情一樣。我一面喝著咖啡，一面一次又一次地重複讀著報紙的同一段報導。

經過相當長的時間之後，她好像決定了什麼似的忽然站了起來，朝著我坐的這桌走來。那動作實在太唐突了，我一瞬間心臟好像要停止了似的。不過她並不是到我這裡來，她走過我桌子旁邊，走到門口附近的電話旁，丟下銅板，開始撥號。

雖然電話離我的座位並不太遠，但因爲周圍人說話的聲音很吵，擴音機又播放著熱鬧的聖誕音樂，因此我沒辦法聽到她的聲音。她說了相當久的電話。她桌上放的咖啡手都沒碰一下就那麼變涼了。當她從旁邊走過時，我雖然從正面看到了她的臉，但我依然無法斷定她是不是島本。因爲她化粧很濃，何況那個大太陽眼鏡幾乎把大半個臉都遮住了。她的眉毛用眉筆畫得很清楚，塗得鮮紅的薄嘴唇則閉得緊緊的。再說我最後見到島本，是在我們都才十二歲的時候，而那已經是十五年前的事了。那個女人的臉並不是沒有令我模糊地想起島本少女時代的臉，但我所能知道的只有，她是容貌非常美好的二十幾歲的女人，穿著很花錢的昂貴服裝，而且腳不好。

我坐在位子上擦著汗。連襯裡的內衣都濕透了的汗。我脫下大衣，向服務生點了續杯咖啡。（你到底在做什麼？）我想。我把手套不知道遺忘在什麼地方了，想到澁谷去買手套，結果看到這個女人的身影時，簡直就像著了魔似的跟在她後面。如果想法極理所當然的話，我應該走到她前面去，試著直接問她，「很抱歉，妳是不是島本小姐？」這樣說的話應該是最快的。但我卻沒這麼做。我只是默默跟在她後面，而我現在已經走到退不回去的地步了。

她打完電話後，就那樣筆直走回自己的位子。然後又一樣背朝著我的方向坐，一直望著窗外。服務生走到她前面，問她可以把涼了的咖啡端走嗎？雖然聽不見聲音，但我想是這樣問的。她轉過臉來點點頭。然後好像點了新的咖啡的樣子。但那新送來的咖啡，依然手都沒碰一下。我一面偶爾抬起頭觀察她的樣子，一面假裝繼續讀著手上的報紙。她有幾次把手腕舉到面前，眼睛看著那銀色手鐲型的手錶。她好像在等什麼人的樣子。我想這或許是最後的機會了。如果那個什麼人來了的話，或許我就要永遠喪失和她說話的機會了。但我卻無論如何無法從椅子上站起來。還沒關係，我這樣對自己找藉口說。還沒關係，不用急。

什麼也沒發生地經過了十五分或二十分。她一直望著窗外路上的風景。然後沒有任何預兆地安靜站起來。然後把皮包抱在腋下，另一手提起百貨公司的紙袋。她好像放棄等人的樣子。或者本來就沒有等什麼人。我看清楚她到櫃台付了帳，從門口走出外面之後也急忙站了起來。付了帳，追到她後面。看得見在人潮中她的紅色大衣特別醒目。我好像在撥開人潮似的，往她的方向走。

她舉起手招計程車，終於有一部計程車一面打著方向燈，一面開到路邊。我想我必須開口，如果她搭上計程車，那麼這就是最後的機會了。不過我的腳正要向那邊踏出時，有人抓住我的手肘。那是令人吃一驚的強而有力。並不是說怕痛，只是那股強力的勁道令我窒息。我轉回頭，一個中年男人正看著我的臉。

個子比我矮大約五公分，但體格很結實的男人。年齡大約四十五左右。穿著深灰色大衣，脖子上圍著喀什米爾羊毛圍巾。怎麼看都是高級貨色。頭髮分得整整齊齊，戴著玳瑁框眼鏡，看起來像經常運動的樣子，臉曬得很漂亮。大概是滑雪吧，或者是打網球，我想起泉喜歡打網球的父親就是曬得這樣的。我想大概是個像樣公司的高級主管之類的吧。或者是個高級官員。這只要看眼睛就知道了。那是習慣於對很多人發號施令的人的眼睛。

「要不要喝杯咖啡。」他以安靜的聲音說。

我眼睛追蹤著穿紅色大衣女人的身影。她正一面彎身上了計程車，一面透過太陽眼鏡後面朝這邊瞄了一眼。至少給了我朝這邊看似的印象。然後計程車門關上，她的影子便從我的視野裡消失了。她消失之後，只剩下我和那個奇怪的中年男人兩個人被留在那裡。

男人說，「不會花太多時間」。從他的口氣裡幾乎感覺不到所謂抑揚頓挫的東西。他看起來既沒生氣，也不興奮。他簡直就像爲什麼人推開門似的，繼續靜靜地無表情地抓著我的手肘。「一面喝咖啡一面談吧。」

當然我也可以就那樣走掉的。我可以說「我不想喝什麼咖啡，也不想跟你談話。何況我也不認識你，我有急事，告辭了。」不過我什麼也沒說，只是一直看著他的臉。然後我點點頭，照他說的又再走進剛才那家喫茶店。我或許對他握力中所含有的什麼感到害怕吧，我在那裡感覺到一種類似奇怪的一貫性之類的東西。他那握力既不放鬆，也不加緊。那簡直就像機器一樣緊密而正確地捉住我。如果我拒絕了他的提議，我眞不知道那時候這個男人到底會對我採取什麼樣的態度。

不過在那顧慮的同時，我也有一點好奇。他到底要對我說什麼？我對這感到興趣。或許那談話，會帶給我有關那個女人的什麼訊息也說不定。在她消失之後，現在這個男人是她和我之間唯一連繫的一條線索也說不定。而且在喫茶店裡，這個男人也不可能對我使出什麼暴力吧。

我和那個男人隔著桌子面對面坐下。服務生來之前，他和我都沒說一句話。我們隔著桌子，一直注視著對方的臉。然後男人點了兩杯咖啡。

「你爲什麼一直跟蹤她呢？」男人以客氣的口氣問我。

我什麼也不回答地沈默著。

他以無表情的眼睛一直注視著我。「我知道你從澁谷開始一直跟在她後面。」男人說。「那麼長一段時間一直跟蹤著，誰都會發現的。」

我什麼也沒說。也許她知道我在跟蹤之後，就走進喫茶店，打電話叫這個男人來吧。

「如果不想說話，不說也行。因爲即使你不說，事情也很明白。」他說。男人或許很激動，但雖然如此那很客氣而平靜的口氣卻絲毫沒有動搖。

「我可以做幾件事。」男人說。「眞的噢，只要想做就做得出。」

男人只說到這裡，然後就沈默地一直盯著我看。好像在說，接下來不必說明你也知道吧。我依然一句話也沒說出口。

「不過這次我不想把事情鬧大。不想引起無謂的騷動。知道嗎？只限於這一次噢。」男人說。然後他放在桌上的右手揷進大衣口袋裡，從裡面拿出一個白色信封。在那之間左手一直放在桌上。一個毫無特徵的事務用雪白信封。「所以請你不用說什麼把這收下。我想你大概也只是受人之託做這件事的吧，我也希望盡量方便地解決事情。還有多餘的話希望你別說。你今天旣沒看到什麼特別的事，也沒遇到我。明白嗎？如果讓我知道你多說了什麼，我無論如何都會找到你，所以從今以後請不要再跟蹤她了。你也不想讓彼此過不去吧，不是嗎？」

男人這樣說完，把信封往我這邊一推，站了起來，然後把帳單搶過去似的拿起來，就大步走出喫茶店。我驚呆地被留下來，就那樣安靜坐在那裡一陣子。然後拿起桌上的信封，看看裡面。信封裡裝了十張一萬圓的鈔票。一點皺紋都沒有，全新的萬圓大鈔。我嘴巴裡乾乾渴渴的。我把那信封放進大衣口袋裡，走出喫茶店。然後看看周圍，確定那個男人的影子已經消失無蹤之後，招了一部計程車回到澁谷。

那件事到此爲止。

我還帶著那裝有十萬圓的信封。我把它封起來收進抽屜裡。我每次睡不著的夜裡，經常會想起他的臉。簡直就像不祥的預言，每次在有事情的時候，就會在腦子裡甦醒過來似的。那個男人到底是誰？而那個女人是島本嗎？

那次之後，我把那整件事情做了幾種假設。那就像沒有正確答案的拼圖遊戲一樣。我設定假設，然後又再推翻，這樣的作業重複做了好幾次。那個男人是她的情人，她們以為我是她丈夫雇的私家偵探暗中在調查他們的行蹤——那是我所成立的最具說服力的假設。而且男人想用金錢來封住我的嘴。或者他們兩個人在我開始跟蹤之前，在某個飯店裡幽會過，以為被我目擊了。以可能性來說是十分有可能的，推理也說得通。不過雖然如此我還是不能打內心認同這個假設。這裡面還留有幾個疑問。

他說只要想做就做得出的幾件事到底是屬於那一類的事呢？為什麼他會用那樣奇怪的方式抓住我的手腕呢？為什麼那個女人知道我在跟蹤她卻不搭計程車走掉呢？只要搭上計程車立刻就可以甩掉我的。為什麼那個男人也不確認我是誰，就能若無其事地拿出十萬圓那麼高額的金錢呢？

不管怎麼想，都只留下深沈的謎。我常常會想，那時候發生的事，會不會一切都只是我自己的幻覺所產生的呢？那會不會從頭到尾都是我自己在腦子裡想出來的呢？或者我做了一個非常眞實的夢，而那夢在我腦子裡披上現實的外衣緊緊附著在頭腦裡呢？不過，那卻是眞正發生的事。

因爲事實上書桌裡面有一個白色信封，信封裡面還放著十張萬圓鈔票啊。那才眞是一切都是眞實發生過的事實的證據。「那是眞的發生過的」。我常常把那信封放在桌上出神地凝視著。「那是眞的發生過的」。

7

三十歲時我結婚了。暑假裡我一個人去旅行時遇見了她。她比我小五歲。我在田間小路散步的時候，突然下起激烈的大雨，我正跑進一個地方避雨時，碰巧她和她的女朋友也在那裡。我們三個人都淋得濕淋淋的，在那樣的隨意情況下，我們聊著各種閒話，等候雨停的時候，逐漸熟悉起來。如果那時候沒下雨的話，或者我那時候帶了傘的話（那是很有可能的事，因爲我在走出飯店時，爲了要不要帶傘，還相當猶豫了一陣子），我就應該不會遇到她了。而且如果我沒有遇到她的話，我現在很可能還在教科書公司上班，一到夜晚就一個人靠在公寓房間的牆壁上，一面自言自語，一面喝著酒也說不定。一想到這件事，我就會領悟到一個事實，那就是我們眞的只能活在極有限的可能性中。

我和有紀子（這是她的名字）第一眼就互相吸引了。在一起的另外一個女孩子長得更漂亮，但我卻被有紀子吸引了。而且是不可理喻的強烈吸引。那是我長久以來已經沒有感覺過的吸引力。因爲她也住在東京，所以我們旅行回來之後，還約會過幾次。每約會一次我就越喜歡她。她說起來相貌算是平凡的。至少不是那種走在路上男人會上前搭訕的那一型。不過我在她臉上能夠淸楚地感覺到「爲自己而存在的東西」。我喜歡她的臉。我每次看到她，就會一直盯著她的臉看好久。我強烈地愛上那裡面看得見的某種東西。

「幹嘛一直盯著我看？」她問我。

「因爲妳很漂亮啊。」我說。

「你是第一個這樣說的人。」

「只有我知道。」我說。「不過我眞的知道。」

剛開始，她不太相信我說的話。但是不久以後就漸漸相信了。

我們每次見面，就兩個人走到某個安靜的地方，去談各種事情。我對她可以坦白眞誠的說出一切。跟她在一起，我可以深刻地感覺到這十年以上的期間自己所繼續喪失的東西有多麼沈重。這些歲月我幾乎完全無謂地浪費了。不過還不遲，現在還來得及。在還沒變成太遲之前，不能不盡量挽回一些。抱著她的時候，我可以感覺到令人懷念的內心震撼。和她分手之後，我心情又變得非常無依，而寂寞。孤獨傷害著我，沈默令我心焦。於是在連續約會了三個月左右之後，我向她求婚。那是在我三十歲生日的一個星期之前。

她父親是一家中堅建設公司的社長。相當有意思的人，雖然幾乎沒受過什麼正規教育，但是對工作卻很有辦法，學到不少所謂他自己的一套哲學。雖然有時候太強硬了，我無法贊同，但卻很佩服他那種洞察力。這種人，我這輩子還是第一次遇到。而且以一個有司機開賓士車的人來說，他也沒有什麼架子。我去拜訪他，向他說我想和小姐結婚，他只說，「你們已經都不是小孩子了，只要彼此喜歡，就結婚吧。」從一般世俗的觀點來看，我只是一個在不怎麼起眼的公司上班的不怎麼起眼的上班族而已，而這些事情對他來說，好像都可以。

有紀子有一個哥哥、一個妹妹。哥哥預定接掌父親的公司，正在那裡上班當副社長。雖然人品不錯，但比起父親來影子似乎淡了一點。兄弟姊妹之中，大學生的妹妹是最外向而豪爽的，習慣命令別人。讓人感覺由她來繼承父親的事業似乎更合適。

結婚半年後，父親把我叫去，問我有沒有打算辭掉現在的工作。因為他從我妻子那裡聽說，不怎麼喜歡我那家教科書出版社的工作。

「辭職是完全沒有問題。」我說。「問題是辭掉之後要做什麼。」

「想不想在我們公司上班？工作也許辛苦一點，但待遇不錯。」他說。

「我想我確實不適合編輯教科書，但我想大概更不適合建設業吧。」我坦白回答。「雖然我非常高興您能邀我，但我想我如果去做不合適的工作，往後終究只會為您添麻煩。」

「那倒也是。不合適的工作不要勉強做。」父親說。他好像早就預料到我會這樣回答似的。

那時候我們正喝著酒。因爲他的長男幾乎不喝酒，所以他偶爾會找我一起喝酒。「不過我們公司在青山有一棟大樓，現在正在蓋，下個月大概可以完工，地段好、建築物也好，現在看起來雖然好像有一點偏僻，但今後很有發展潛力。有沒有意思在那裡做個什麼生意呀？因爲是公司的財產，所以租金和押金都要照行情收，不過如果你眞的想做，需要多少資金我倒是可以借給你。」

關於這件事我試著考慮了一陣子，這是不錯的建議。

結果我決定在那棟建築物的地下室開始放爵士音樂，經營一家高級酒吧。因爲我從學生時代就一直在這樣的店裡打工，所以經營上的大部分專業知識都已經耳濡目染。該提供什麼樣的酒和餐點，該怎麼設定顧客階層，該播放什麼樣的音樂，室內該怎麼裝潢，頭腦裡已經有了大概的構想。有關室內裝潢的工程全部由妻的父親一手負責。他帶了最好的設計師和最好的裝潢業者來，要他們以比行情便宜的價格做出相當精細的工程。完工後果然不同凡響。

酒吧的生意遠比預料中好，兩年後同樣在青山又開了另一家店。這是附有鋼琴演奏的更大規模的店。雖然更費事，也投入了相當大的資金，但卻是一家相當有意思的店，來客也相當多。這樣一來我總算可以鬆一口氣。我總算能夠好好掌握人家給我的機會並加以發揮。那時候我第一個孩子誕生了，是個女孩子。剛開始時我親自在櫃台裡調雞尾酒，但店增加爲兩家之後就不再有這個餘裕了，於是我只專注於店的管理和經營。我交涉進貨，確保人手，管理帳簿，注意讓一切事物能夠圓滑運行。構想各種創意，並立刻付諸實施。餐飲的菜單也自己試著做各種嘗試。雖然以前沒發現，但我似乎滿適合這樣的工作。我喜愛從零開始做出一點什麼，然後再把那做出來的東西花時間仔細地改良的作業。那是我的店，也是我的世界。那種喜悅，絕對不是在教科書公司做校對時所能體驗到的東西。

我在白天做完各種雜事，一到晚上就到兩家自己的店裡繞一圈，一面在櫃台嘗嘗雞尾酒，一面觀察顧客的反應，檢查從業員的工作態度，聽聽音樂。雖然每個月繼續償還岳父的貸款，但還是有相當的收入。我們在青山買了四房二廳的房子，買了ＢＭＷ三二〇的車子。然後生了第二個孩子，也是一個女孩子。我變成兩個女兒的父親。

三十六歲時，我在箱根擁有了一棟小別墅。妻為了方便自己購物和接送孩子買了一部紅色吉普車。兩家店的收益都提高了，其實有能力開第三家的，但我並不打算再多開支店。因爲店一增加很多細節可能都會顧不到，恐怕光是管理就要累壞了。而且我也不想爲了工作再多犧牲自己的時間。於是我和妻的父親商量，他勸我把多的錢拿來投資股票和不動產。這樣應該既不費事也不花時間。不過我對股票和房地產都可以說完全一竅不通。我這樣一說，岳父就說，「細節交給我來就行了。只要照我說的去做就沒錯。這種事情自有它的訣竅。」我照他說的去投資。而且在短期內就獲得了相當大的收益。

「你看，明白了吧。」岳父說。「每件事情都自有它的做法。如果你還在公司上班，一百年也沒這麼順利。要想成功是需要一點幸運，也需要頭腦好。這是當然的。不過光是這樣還不夠。首先需要資金。如果沒有足夠的資金，什麼也辦不成。不過比這更重要的。是知道『做法』。如果不懂得做法，就算其他全部萬事具備，還是一籌莫展。」

「對呀。」我說。我非常瞭解岳父想要說什麼。他所謂的「做法」，指的是他到目前爲止所建立的系統。吸收有效的資訊，建立人際關係網，這是投資和提高收益所需的建全而複雜的系統。收進來的錢有時候必須巧妙鑽各種法律漏洞，稅金漏洞，或變更名義，變換形式，以便增值下去。他正想要教給我這些系統的存在。

確實如果我沒有遇到岳父的話，或許現在還在編輯著教科書。而且還住在西荻窪不起眼的房子裡，還開著冷氣不怎麼靈的中古豐田可樂娜吧。我想我確實在他給我的條件裡表現得相當不錯。我在短期間內讓兩家店上了軌道，總共用了三十名以上的從業員，獲得遠超過水準以上的收益。營業好得讓會計師都要佩服，店的評價也很好，雖然這麼說，但擁有這種程度才能的人世上多的是。就算不是我，也還有別人能夠做到這些。可是沒有岳父的資金，還有那「做法」的話，我一個人什麼也做不成。想到這裡，我不得不感到心情惡劣。好像只有自己一個人是走了不正當的捷徑，使用不正當的手段，來達到圖利自己的目的似的。我們是從六〇年代後半到七〇年代前半，參與過熾烈學生鬥爭時代的一代呀。不管喜不喜歡，我們都活過那個時代。極概略地說來，那是高聲抗議戰後有一段時期曾經存在過的理想主義，被更高度化、更複雜化、更洗練化的資本主義理論所持續貪婪吞噬的時代。至少我是這樣認知的。雖然那是在社會轉型期類似激烈發燒的東西。然而現在我所處的世界，已經是由更高度的資本主義理論所成立的世界。結果，我正不知不覺中被這個世界完全吞沒了。當我正握著BMW的方向盤，一面聽著舒伯特的「冬之旅」，一面在青山道等候紅綠燈時，忽然想道：這好像並不是我的人生啊。簡直就像在某個人爲我預先安排的地方，過著某個人爲我預先安排好的生活方式似的。到底這個所謂我的人，到那裡爲止是眞正的我，從那裡開始不是我呢？握著方向盤的我的手，到底到那個部分是眞正我的手呢？這周遭的風景，到底到什麼地方爲止是眞正現實的風景呢？我越想下去越糊塗。

不過我想大致上我可以說是過著幸福的日子。我沒有什麼稱得上不滿的東西。我愛我的妻子。有紀子是個安穩而深思熟慮的女人。她生產之後有點開始發胖，減肥和運動變成她所關心的重要事情。不過，我覺得她依然還是美麗的。我喜歡和她在一起，也喜歡和她睡覺。她身上有某種能夠撫慰我，令我安心的東西。我不管發生什麼事，都不想重新再回到那二十幾歲時那種孤獨寂寞的生活了。我想這就是我的地方了。只要在這裡，我就是被愛著，被保護著。而且同時我也愛著、保護著妻子和女兒。這對我完全是嶄新的經驗，自己能夠站在這樣的地方繼續活下去，是一個沒有預料到的新發現。

我每天早上開車送大女兒去私立幼稚園上學，用車上的音響放兒歌兩個人一起唱。然後回到家，在去附近租的小辦公室之前，先和小女兒玩一陣子。夏天的週末，四個人到箱根的別墅去住。我們看看煙火、在湖上坐坐船，在山路上散散步。

在妻懷孕的時候，我曾經有幾次小小的外遇。不過那並不嚴重，而且也沒繼續多久。我和同一個對象只睡過一次或兩次。頂多三次。說眞的，我甚至連自己有外遇的明確自覺都沒有。我所要求的只是「和某人睡覺」這行爲本身，我想對方的那些女人所要求的也是同樣的東西。我避免更深入的交往，因此愼重選擇對象。我那時候或許想藉著和她們睡覺，做某種試探吧。自己能從她們身上找到什麼？她們能從我身上找到什麼？之類的。

第一個孩子生下不久之後，我收到老家轉來的一張明信片。那是一張葬禮答謝的明信片。上面寫著女人的名字。那個女人三十六歲去世。但我想不起那個名字。郵戳是名古屋。但名古屋我沒有一個認識的人。不過想了一會兒之後，終於想到那個女的是以前住在京都的泉的表姊。我完全忘了她的名字。她的家是在名古屋。

那張明信片不用想也知道是泉寄來的。除了她以外沒有人會寄那樣的東西到我這裡來。不過泉爲什麼要寄那樣的通知來呢？剛開始我並不明白。不過看了幾次那張明信片之後，我終於能夠讀出那裡面她堅硬而冷漠的感情來。泉還沒有忘記我所做的事，也沒有原諒我。而且她想告訴我這件事。爲了這個泉才寄了這張明信片來給我。泉現在一定不怎麼幸福吧。我大概可以明白。如果她現在幸福的話，她應該不會寄這樣的明信片來我這裡。否則就算寄來，也該會附註一句什麼訊息或說明？

其次我想到她表姊的事。想起她的房間和她的肉體。想起激烈的性交。這些事情過去曾經那麼活生生的存在過，而現在都完全不存在了。那些就像被風吹散的煙一樣地消逝了。我也不知道她是怎麼死的。三十六歲不是一個人會自然死亡的年齡。而且她的姓還和以前一樣。是沒結婚？還是結了婚又離婚了呢？

告訴我泉的消息的是我高中時代的同班同學。他看了刊登在 *BRUTUS* 雜誌「東京酒吧指南」專集報導上我的照片，知道我在青山開店。他走到我坐的櫃台邊來，說道：好久不見，還好嗎？雖然如此但他並不是特別來看我的。只是和同事來喝酒，正好我在那裡，於是過來招呼一聲。

「這家店我以前就來過幾次，地點也離我公司近。不過我完全不知道是你開的。世界眞小啊。」他說。

高中時候，我算起來多少是有點跟班上同學疏離的存在，而他成績又好、體育又行，不用說是屬於班級幹部那一型的。他個性穩重，不會太聒噪，可以說是個感覺滿好的男人。他參加足球隊，本來體格就很高大，現在又加上相當份量的贅肉。都快變雙下巴了。身上穿的深藍色三件式西裝，腰部多少顯得有些緊繃。這也都是因爲接待應酬的關係，他說。實在不該到商社上班的。經常要加班、要應酬、動不動就調動，成績不好會被炒魷魚，成績好又加重責任配額，眞不是平常人幹的事啊。因爲他公司就在青山一丁目，所以下班的時候，可以走路到我店裡來。

我們談了一些高中時代的同班同學，隔了十八年之後一見面會談的那些話。工作怎麼樣了啊？結婚以後小孩有幾個啊？跟什麼人在什麼地方碰見過之類的。這時候他提起了泉。

「你那時候交過一個女朋友對嗎？經常在一起的女孩子。是姓大原的女孩子吧。」

「大原泉。」我說。

「對對。」他說。「大原泉。上次我遇到那個女孩子噢。」

「在東京嗎？」我吃驚地說。

「不，不是。不在東京。在豐橋。」

「豐橋？」我更吃驚地說。「豐橋，那個愛知縣的豐橋？」

「對呀。那個豐橋啊。」

「眞不明白，爲什麼會在豐橋遇到泉呢？爲什麼泉會在那樣的地方呢？」

那時候他在我的聲音中，好像聽出什麼僵硬的東西來了。「不知道爲什麼啊。總而言之我在豐橋遇到她。」他說。「唉，也沒怎麼樣啦。是不是眞的她都不確定呢。」

他再點了第二杯野火雞威士忌加冰塊。我喝著 Vodka gimlet。

「不怎麼樣也好，說來聽聽吧。」

「不過，說起來還不只這樣呢。」他以好像有點困惑似的聲音說。「說不怎麼樣的意思，也就是，有時候會覺得那好像不是眞的發生的事似的。那種感覺非常奇怪的。簡直就像做了一個非常眞實的夢一樣的感覺。應該是眞正發生過的事，但不知道爲什麼卻不覺得是現實中發生的事噢。我實在很難說清楚。」

「不過那是眞的發生過的對嗎？」我問。

「眞的發生過。」他說。

「那我想聽聽看。」

他好像只好答應似地點點頭，喝了一口端過來的威士忌。

「我到豐橋去，是因爲我妹妹住在那裡。我有事情到名古屋出差，事情在星期五辦完之後，我想到豐橋的妹妹家住一夜再回來。就在那裡遇見了她。我搭上妹妹住的大廈電梯時，她就在那裡面。我想怎麼有這麼像的人呢。不過沒想到那眞的是大原泉。眞的沒想到會在豐橋的妹妹住的大廈電梯裡遇到她。而且長相也變了許多。爲什麼會立刻知道是她呢？連我自己也不明白。一定是類似第六感之類的吧。」

「不過眞的是泉對嗎？」

他點點頭。「她正好和我妹妹在同一樓。我們在同一樓下了電梯，往走廊的同一方向走。然後她走進妹妹家的前面兩個門裡去。我心裡好奇，看了一看門上的名牌。上面寫著大原。」

「她沒認出是你嗎？」

他搖搖頭。「我跟她雖然同班，但並不特別熟，沒有親密談話的交情，而且我跟那時候比起來體重增加了二十公斤之多，沒有理由認出來呀。」

「不過眞的是大原泉嗎？大原這個姓並不很稀奇，長得像的人也不少啊。」

「就是啊，我也這麼想，所以我就試著問我妹妹，那個姓大原的到底是什麼樣的人。於是我妹妹拿大廈住戶名簿給我看。對呀，不是經常有的嗎？比方牆壁要重新油漆啦，決定這些事情的時候，那上面寫著全體住戶的姓名。上面就寫著大原泉哪。是片假名的泉喏。姓是大原而名字是用片假名寫的泉，這應該就不太多了。」

「這麼說，她還是單身的囉？」

「妹妹對這點也不清楚。」他說。「大原泉在那棟大廈裡是個謎一樣的人。誰都沒有跟她說過話。在走廊碰到的時候，跟她打招呼也不理人。有事情按她門鈴時她也不出來，在家也不出來。好像在鄰居之間人緣並不好的樣子。」

「喂，那一定認錯人了吧。」我說。然後一面笑著一面搖頭。「泉不是這樣的女孩。以她的個性，就算沒有必要，遇到人也會笑咪咪的打招呼的啊。」

「OK。我想大概認錯人了。」他說。「同名不同人。總之不談這個了。沒什麼意思。」

「不過那個大原泉是一個人住在那裡嗎？」

「我想是。聽說沒人看見有男人進出過。誰也不知道她靠什麼維持生計。一切都是個謎。」

「那，你是怎麼想的？」

「什麼怎麼想？」

「她的事情啊，關於那個不知道是不是同名異人的大原泉哪。在電梯裡看到她的臉，怎麼想，也就是說看起來很好呢？還是好像不太好呢？這方面。」

他考慮了一會兒。「不錯啊。」他說。

「怎麼個不錯法？」

他拿起威士忌酒杯發出咔啦咔啦的聲音搖晃著。「當然她也一樣上了年紀了。那倒也是，已經三十六歲了嘛。我和你也都三十六了。新陳代謝都遲鈍了，肌肉也鬆弛了，不能永遠還是高中生啊。」

「那當然。」我說。

「我們不要再談這個了好嗎？反正可能是認錯人嘛。」

我嘆了一口氣。然後把兩手放在櫃台上看著他的臉。「可是，我想要知道，不能不知道。說眞的，我和泉在高中畢業以前，以相當糟糕的方式分手。我做了一件很不尋常的事，傷害了泉。然後從此以後我就沒辦法知道她怎麼樣了。她現在在什麼地方，在做什麼，我完全不知道。這件事一直梗在我心裡。所以不管怎麼樣都可以，那怕是好事也好，是壞事也好，希望你能坦白告訴我。我想你一定知道那就是大原泉對吧。」

他點點頭。「既然這樣那我就說。不會錯噢。就是她。我只是覺得對你抱歉。」

「那麼她到底是怎麼樣了？」

他暫時沈默了一會兒。「喂，我希望你能夠瞭解，我也是同班同學，我覺得那女孩滿可愛的，是個好女孩噢。個性也好、長得也可愛。雖然並不特別漂亮，但怎麼說好呢？有她的魅力。她有能夠抓住人心的東西。對嗎？」

我點點頭。

「眞的可以說實話嗎？」他說。

「可以呀。」我說。

「不過也許有點不好受噢。」

「沒關係。我想知道事實的眞相。」

他又喝了一口威士忌。「我看你一直跟她在一起覺得很羨慕。我也很想要有一個那樣子的女朋友。事到如今已經可以坦白說出來了。所以她的臉我記得很淸楚。好像烙印在腦子裡一樣。所以十八年後突然在電梯裡遇見，我就立刻想起來了。換句話說，我想說的是，我沒有任何理由說這女孩的壞話。那對我來說也是一個小小的打擊呀。我也不願意承認那樣的事實，不過這點我可以確定，就是那女孩已經不可愛了。」

我咬咬嘴唇。「怎麼個不可愛法？」

「那棟大廈的孩子有好多都怕她呢。」

「害怕？」我說。我不太明白地注視著他的臉。這個男人大概選錯了用語吧，我想。「你到底指什麼呢？怎麼說可怕呢？」

「喂，這件事眞的不要提了好嗎？我實在一開始就不該說的。」

「她對孩子們說了什麼嗎？」

「她沒有對任何人說過什麼。就像我剛才已經說過的。」

「那麼小孩子是害怕她的臉嗎?」

「是啊。」他說。

「是不是有疤痕呢?」

「沒有疤痕。」

「那麼有什麼可怕的?」

他喝了一口威士忌,把杯子輕輕放在桌上。然後一直盯著我的臉看了一會兒。他似乎有點困擾,也好像有點迷惑。不過除此之外,他臉上還露出某種其他的特別表情。我忽然可以從那裡認出像高中時代的面貌似的東西。他抬起頭一直注視著遠方。好像要看穿河流正在流去的前方似的。然後他說:「我沒辦法說清楚,而且也不想說明。所以請不要再多問我了。你如果自己親眼看見也會明白。而且要對一個沒有實際看見的人說明也是不可能的。」

我不再多說什麼,點點頭,只是啜了一口 Vodka gimlet 而已。雖然他的口氣很平靜,但卻有一股對再多追問的強烈抗拒。

然後他談到因工作上的關係調到巴西兩年。真難以相信吧,我在聖保羅還遇見初中時候的同班同學,他是 TOYOTA 汽車的工程師,在聖保羅工作。

不過我當然幾乎沒在聽那些。臨走之前，他拍拍我的肩膀。「唉，歲月這東西是會讓人改變很多的。我不知道那時候你跟她之間曾經發生過什麼。不過不管發生了什麼，那都不是你的錯。雖然程度各有不同，但每個人都有那種經驗。我也一樣，沒騙你，我也有過同樣的感覺。不過那是沒辦法的事啊。不管是誰的人生，終究是那個人的人生。你不可能代替那個人去負責任哪。這裡就像沙漠一樣，我們都只能去適應去習慣它。小學時候不是看過華德狄斯奈的電影『沙漠奇觀』嗎？」

「有啊。」我說。

「就跟那個一樣。這個世界就跟那個一樣啊。雨下了花就開，雨不下花就枯萎。蟲被蜥蜴吃，蜥蜴被鳥吃。不過不管怎麼樣，大家總有一天都要死。死了就變屍體。一個世代死掉之後，下一個世代就取而代之。這是一定的道理。大家以各種不同的方式活，以各種不同的方式死。不過那都不重要。最後只有沙漠留下來。眞正活著的只有沙漠而已。」

他回去之後，我坐在櫃台一個人喝酒。店打烊了，客人都走了，從業員整理好東西，打掃完畢也都回去之後，我還一個人留在那裡。我不想就這樣立刻回家。我打電話給妻，說今天店裡有點事會晚一點回去。然後把店裡的照明熄掉，在黑漆漆中喝著威士忌。要拿冰塊嫌麻煩，就那樣喝純的。

大家都要一一消失掉，我想。有些東西像被切斷一樣咔一聲消失，有些東西需要花一些時間像雲煙一樣慢慢散去。「然後最後只有沙漠留下。」

黎明之前走出店門時，青山道上正下著細雨。我非常疲倦。雨無聲地濡濕了像墓石般靜悄悄的大樓羣。我把車子留在店裡的停車場用走著回家。途中一度在路邊的欄杆上坐了一會兒，眺望一隻在紅綠燈上叫著的大烏鴉。凌晨四點的街道看起來非常落魄、骯髒。到處充滿了腐敗和殘破的影子。而且那裡面也包含我自己的存在在內。簡直就像烙在牆壁上的影子一樣。

8

自從*BRUTUS*雜誌刊登了我的名字和相片之後，十天左右之間有幾個以前認識的人到店裡來看我。一些初中或高中的同班同學。在那以前，每次我到書店，看見放在那裡龐大數量的雜誌時，都會很不可思議地想到底有誰會一一讀這些呢。不過自己上了雜誌之後才知道，人們比我想像中更熱心地讀著雜誌。我刻意觀察了一下，無論在美容院、銀行、喫茶店、電車裡，在所有的地方，人們都像著了魔似的手拿著雜誌在翻閱。或許人們因為害怕什麼也沒做地消磨時間，所以不管什麼都好，只要手邊有東西，就拿起來讀。

跟從前的朋友重逢，結果並不能說多愉快。並不是不喜歡和他們見面談話，當然我也很懷念從前的朋友，他們見了我也很高興。只是最後他們所提到的話題，對現在的我來說，都已經無所謂了。故鄉的城鎮變成什麼樣子，其他同班同學現在都走上什麼樣的道路，我對這些已經完全不感興趣。我和過去自己所在的地方和時間已經距離太遙遠了。而且不管他們嘴上談到什麼，都令我想起泉。每次有關故鄉地方上的話題一出現，我就會想起泉在豐橋的小住宅大廈裡一個人靜悄悄過日子的情景。「她已經不可愛了」，他說。「孩子們都怕她」，他說。這兩句話，一直不斷在我腦子裡迴響著。而且泉到現在一直都沒有原諒我。

雜誌登出來之後有一段時間，雖說對店裡生意有廣告作用，但自己卻真的很後悔太輕易就接受這種採訪。我不希望泉讀到這樣的報導。泉如果知道我沒有背負任何傷痕，而能這樣輕鬆順利地過著好日子，她的心情會怎麼樣呢？

不過經過一個月之後，逐漸沒有人特地來看我了。這是雜誌的好處。讓你一夜之間成名，不過也在一轉眼之間就被遺忘了。我總算鬆了一口氣。至少泉沒有說什麼。我想她一定沒讀過*BRUTUS*。

不過經過一個半月，正當我幾乎已經忘了雜誌的事時，最後一個朋友終於來到我這裡。那就是島本。

她在十一月初的星期一晚上，到我經營的爵士酒吧（店名叫做知更鳥巢「Robin's nest」。我從一首喜歡的老歌名字取的）櫃台，一個人安靜喝著台克利酒。我也一樣在櫃台離她三個位子的地方坐著，但我一點也沒有注意到那是島本。甚至還感覺店裡來了一位相當漂亮的女客。從來沒見過的客人。如果以前見過一定還會記得，是那麼醒目的女人。我想不久她等的人就會來了吧。當然女客人並不是不會一個人來。她們之中有些是預期男客人會來搭訕的，有時候還這樣期待。看樣子大概可以知道。不過根據經驗，「眞正」漂亮的女人絕對不會一個人來喝酒。對她們來說，被男人搭訕並不算什麼樂事。對她們來說，那只有嫌煩而已。

所以那時候我幾乎沒去注意那個女的。剛開始只是瞥了一眼，然後偶爾不經意地看過幾次而已。她化了淡淡的粧，穿著很有品味看起來很昂貴的衣服。藍色絲洋裝上面，罩一件淺米色喀什米爾羊毛外套。簡直像洋葱薄皮一樣輕的毛衣。並在櫃台上放著一個和洋裝顏色非常搭配的皮包。年齡看不出來。只能說是恰到好處的年齡。

她雖然美得令人注目，但看起來又不像是女明星或模特兒。我店裡也經常有那些人會來露面，但她們總會意識到自己曝露在別人眼裡，那種「不尋常」的氣氛暗中在她們身邊飄散著。不過那個女人卻不一樣，她非常自然地放鬆著，和周圍的空氣很親和。她的手在台上托著腮，側耳細聽鋼琴三重奏的演奏，好像在吟味一篇美好的文章一般一點一點地喝著雞尾酒。而且視線偶爾朝我的方向瞟過來。我的身體清楚地感覺到幾次那視線。不過我並不認爲她眞的在看我。

我和平常一樣穿著西裝，打著領帶。阿爾曼尼(GIORGIO ARMANI)的領帶和索普拉尼(SOPRANI)的西裝，襯衫也是阿爾曼尼的。皮鞋是羅塞地。我並不特別講究服裝。基本上我認爲在服裝上花超出必要以上的錢是很蠢的。日常生活裡，只要牛仔褲和毛衣就夠了。不過我也有我的小小哲學。所謂商店經營者，如果希望到自己店裡來的客人都能這樣穿的話，那麼自己也應該這樣穿。因爲我這樣做，所以客人也好、店員也好，都因此產生了適度的緊張感。所以我到店裡露面時，都刻意穿高價的西裝，一定打領帶。

我一面在店裡試著嘗嘗雞尾酒的滋味，注意店裡的客人，一面聽聽鋼琴的演奏。剛開始店裡還很多人，但九點過後開始下起激烈的雨，客人一下就不來了。到十點鐘只有數得出的桌子有客人。不過那女的還在，一個人默默喝著 daiquiri 酒。我漸漸注意起她來。她好像並沒有在等人。她既沒有看手錶，也沒有看門的方向。

終於看到女人拿起皮包滑下座位。時鐘已將近十一點。如果搭地下鐵回家應該是可以動身的時候了。不過她並沒有走。她慢慢若無其事的朝這邊走，在我旁邊的座位上坐下來。微微飄來香水的氣味。她身體坐定之後，從皮包拿出 Salem 香煙盒，嘴上含了一根。我眼角約略捕捉到她那樣的動作。

「很棒的店喏。」她對我說。

我從看著的書抬起頭來，不太明白地看著她。不過就在那同時，我感覺好像被什麼打中了似的，胸中的空氣突然一下子變得好沈重。我想到吸引力，這就是那吸引力嗎？

「謝謝。」我說。她大概知道我是這裡的經營者吧。「很高興妳喜歡。」

「嗯，非常喜歡。」她好像要探視我的臉似的，微微笑著。很漂亮的微笑。嘴角往兩邊一牽，眼睛旁邊便瞇起了魅力的皺紋。那微笑讓我想起了什麼。

「演奏也很棒。」她指著鋼琴三重奏說。「對了，你有火嗎？」她說。

我既沒帶火柴也沒帶打火機。我叫服務生拿火柴來。然後在她含著的香煙尖端點著火。

「謝謝。」她說。

我從正面看她的臉。然後這時候我才終於注意到，原來她是島本。「島本。」我聲音乾啞地說。

「花了相當長的時間才想起來噢。」她停了一會兒之後，才覺得很奇怪地說。「眞是長，我還以爲你永遠也看不出來了呢。」

我很久很久，簡直像面對著除了傳說之外從來沒聽過的極稀奇的精密機器時一樣，沒話說地凝視著她。在我眼前的確實是島本。不過我無法把那事實當成事實。到那時候爲止我實在繼續想島本想太久了。而且以爲我再也不可能遇見她了。

「很棒的西裝。」她說。「非常適合你。」

我只是默默點著頭。嘴巴沒辦法好好說話。

「喂，阿始啊，你比以前英俊多了。身體也很強壯。」

「我在游泳。」我終於能夠發出聲音。「中學時候開始，然後一直游到現在。」

「能夠游泳一定很快樂噢。我從以前就一直這樣想。會游泳一定很快樂。」

「是啊。不過，只要學習誰都能游啊。」我說。不過這樣一說完的刹那，我就想起她腳不好的事。〝我到底在說什麼嘛〞我想。我很混亂，想要說點什麼比較好的事情。不過卻說不出什麼來。我手伸進西裝褲口袋裡找香煙盒。然後才想起自己五年前已經戒煙了。

島本什麼也沒說地一直注視著我那動作。然後舉起手向服務生點了新的一杯daiquiri。她向人拜託事情時，總是笑咪咪地燦然微笑。那眞是很棒的笑臉。讓人覺得想把那邊所有的一切都放在托盤上端過去給她似的笑臉。別的女人也一樣做的話或許會惹人厭。但她一微笑，好像整個世界都在微笑似的。

「妳現在還穿藍色的衣服啊。」我說。

「是啊。我從以前就一直喜歡藍色的衣服。你還記得很淸楚嘛。」

「關於妳的事我大多記得。連削鉛筆的方法，喝紅茶放幾塊方糖都記得。」

「放幾塊？」

「兩塊。」

她眼睛稍微瞇細一點看著我的臉。

「嗨，阿始啊。」島本說。「你爲什麼那時候要跟蹤我呢？我想大概是八年前的事了吧。」

我嘆了一口氣。「我不知道那是不是妳。走路的樣子和妳一模一樣。不過又覺得好像不是妳。我沒有信心。所以跟在後面。並不是跟蹤。我想找機會開口啊。」

「那你爲什麼不開口呢？爲什麼不直接確認呢？如果那樣事情不是比較快弄清楚嗎？」

「爲什麼沒那樣做，我自己也不明白。」我坦白說。「不過那時候就是無論如何也做不到。聲音本身出不來呀。」

她稍稍咬著嘴唇。「那時候，我沒發現那個人就是你。我一直覺得有人在跟蹤我，頭腦裡只覺得好恐怖。眞的。非常害怕噢。不過搭上計程車過了一會兒，鬆了一口氣之後，才突然想到，那個人說不定是阿始啊。」

「島本哪。」我說。「那時候有個東西還在我那裡。我不知道那個人跟妳什麼關係，不過他那時候給我——」

她舉起手指放在嘴巴上。然後輕輕搖搖頭。好像在說〝不要再提那件事了，拜託永遠不要再問我那件事。〟似的。

「你結婚了吧？」島本好像要改變話題似的這樣問。

「有兩個孩子。」我說。「都是女孩，不過還小。」

「眞棒。我想你還是適合女孩子。如果問我爲什麼我也說不出理由來，不過總覺得是這樣，女孩子比較合適吧。」

「會嗎？」

「有一點。」島本說著微笑起來。「不過總而言之，你決定不讓你的孩子成爲獨子啊？」

「並沒有特別這樣打算。只是順其自然就變成這樣而已。」

「感覺怎麼樣呢？有兩個女兒？」

「有一點奇怪。老大上的幼稚園裡，半數以上的孩子都是獨子呢。跟我們小時候不同，時代完全變了。都市裡獨子反而是理所當然了。」

「我們一定是出生的時代太早了。」

「也許。」我說。然後笑笑。「或許世界接近我們了。不過看孩子們每次在家都是兩個人一起玩，常常會覺得不可思議起來。會很佩服居然也有這種長大法啊。因爲我從小就是經常一個人玩的，所以我以爲小孩子都是一個人自己玩的。」

鋼琴三重奏演奏完「喀可華特」之後，客人就啪啦啪啦地鼓掌。雖然每次都這樣，但越接近深夜時，演奏會逐漸變得更投入，變得更親密。鋼琴手在一曲和一曲之間，拿起了紅葡萄酒，而貝斯手則點起香煙。

島本喝了一口雞尾酒。「阿始啊，說眞的，我猶豫了很久不知道要不要來這裡呢。幾乎猶豫了將近一個月，好煩惱呢。我不知道在什麼地方翻閱雜誌時，知道你在這裡開店。剛開始還想有沒有搞錯。因爲，實在看不出來你是會經營酒吧的那一型。不過名字也是你，照片上的臉也是你。好懷念的鄰居，阿始啊。其實我只要能夠再看到一次你的照片也就非常高興了。可是要見眞實的你，是不是妥當呢？我實在不知道。我也覺得或許不見面對雙方都會比較好。因爲已經知道你現在這個樣子過得很好了，所以這樣不是已經足夠了嗎？」

我默默聽著她的話。

「不過好不容易知道你在這裡了，就算看一下也好，於是就想到這裡來看看。然後我坐在那邊的椅子上，看著就在這邊的你，我想如果你一直沒發現我的話，我就默默地回去。不過不管怎麼樣還是忍不住。太懷念了，實在不能不開口打個招呼。」

「爲什麼呢？」我說。「我是指，爲什麼妳覺得不見我比較好呢？」

她一面用手指撫摸著雞尾酒杯的邊緣。一面考慮了一下。「我想如果你見了我，一定會想知道我的各種事情。例如結婚了沒有啊，住在哪裡呀，這一向都在做什麼啊，這一類的事。對嗎？」

「或許自然會提到吧。」

「當然，我也認爲這是談話自然會提到的。」

「可是妳不太想提這些是嗎？」

她好像有點困擾地微笑著，然後點頭。島本似乎很習慣於各種的微笑法。「對，這些事情我不太想談。請不要問我理由噢。總而言之，我不想談我自己。不過這確實不自然，有點怪對嗎？好像故作神祕似的，也有點裝模作樣似的。所以我想我還是不見你比較好。我不想讓你覺得我是一個裝模作樣的奇怪女人。這是我不想來的理由之一。」

「其他的理由呢？」

「怕來了失望啊。」

我望著她手上拿的玻璃杯。然後我看看她披肩的直頭髮，看看她形狀美好的薄嘴唇。看看她深不見底的黑色瞳孔。然後看見那眼瞼上看來似乎相當深思熟慮的微細的紋。那紋看起來好像遙遠的水平線似的。

「因為我很喜歡以前的你，所以不希望現在因為看到你而失望啊。」

「我有沒有讓妳失望？」

她輕輕搖搖頭。「我從那邊一直看著你。剛開始覺得你看起來好像變了一個人似的。變得好大，還穿著西裝。不過仔細看起來，還是以前的阿始。你知道嗎？你的動作，跟十二歲的時候好像幾乎沒有改變呢。」

「我不知道。」我說。我想笑。可是卻沒辦法好好笑。

「手的動作，眼睛的移動法，用指甲咯咯咯地敲東西的老毛病，不開心的眉頭皺起來的樣子，跟以前一點也沒改變。雖然穿起了阿爾曼尼的西裝，但內容好像並沒有什麼改變的樣子啊。」

「不是阿爾曼尼。」我說。「襯衫和領帶是阿爾曼尼，但西裝不是。」

島本瞇瞇地微笑起來。

「嘿，島本。」我說。「我一直很想見妳。想跟妳見面談話。好多話想跟妳說呢。」

「我也很想見你。」她說。「可是〝你不來〞呀。你知道嗎？上了中學你搬到別的地方之後，我一直在等你來喲。可是你怎麼都不來呢？我非常寂寞，心裡想你一定交了新的朋友，而把我忘掉了。」

島本把香煙在煙灰缸揉熄。她的指甲擦了透明的指甲油。簡直像作得極精巧的藝品一樣。光溜溜的，沒一點多餘。

「我很害怕啊。」我說。

「害怕？」島本說。「到底害怕什麼？我很可怕嗎？」

「不是。不是怕妳。我怕的是被拒絕。我還是個小孩。我沒辦法想像妳在等我。我真的害怕被妳拒絕。非常害怕到妳家去玩，會讓妳嫌煩。所以漸漸就疏遠了。我想如果去了而傷感情，不如光是懷著過去和你真正親密在一起時的回憶活下去還比較好。」

她有點不解地歪著頭。然後撥動著手掌上的腰果。

「事情沒那麼順利啊。」

「沒那麼順利。」我說。

「我們應該可以做更長久的朋友的。說眞的，我上了中學以後，上了高中以後，上了大學以後，一直都沒有一個稱得上朋友的朋友。到哪裡永遠都是一個人。所以我每次都在想，如果你能在身邊該有多好。就算不在身邊，如果光能通通信也不錯。我想如果能這樣的話，很多事情就會不一樣了。我想很多事情就會變得比較容易忍受了。」島本停了一下沈默不語。「不知道爲什麼，不過我上了中學以後，無論怎麼樣在學校就是不順。而且因爲不順，所以我好像就更把自己關閉起來。也就是所謂的惡性循環吧。」

我點點頭。

「到小學爲止我覺得還勉強過得去，可是上了中學就完全不行了。好像一直在井底下過日子似的。」

那也是我從上了大學之後，到和有紀子結婚之前的十年裡，所一直感覺到的。曾經有一次不太順利，於是那件不順利的事，又引起另一件不順利的事。而且狀況只有繼續無止境的惡化。不管怎麼掙扎，都沒辦法逃出來。一直到有人來了，把你從那裡拉出來爲止。

「首先我的腳就不好，所以一般人能做的一般的事情，我卻做不到。還有光是讀書，對別人不太能夠做開心交往。除此之外怎麼說呢，我外觀滿醒目的。所以大多數的人都以爲我是一個精神上彆扭而傲慢的女孩。或許事實上這也是眞的。」

「或許妳確實太漂亮了。」我說。

她拿出香煙含在嘴上。我擦了火柴點著它。

「你眞的覺得我漂亮嗎？」島本說。

「眞的啊。不過我想妳一定經常被人這樣講。」

島本笑笑。「沒這回事。而且說眞的，我並不怎麼喜歡自己的臉。所以被你這樣一說我非常高興呢。」她說。「總而言之，大體上我並不怎麼受女孩子歡迎，很遺憾。我想過好多次。我並不要被人家說漂亮，我只要變成一個極普通的女孩子，可以極普通的交上朋友就好了。」

島本伸出手來，稍微接觸了一下我放在櫃台上的手。「不過眞好。你能夠過著幸福的日子。」

我沈默不語。

「你幸福吧？」

「幸不幸福，自己也不太知道。不過至少並不覺得不幸，也不覺得孤獨。」我說。然後稍停一下補充道「不過有時候我會不知道爲什麼忽然想起。在妳家客廳裡，兩個人一起聽音樂的時候，或許就是我一生中最幸福的時代了。」

「嘿，那些唱片我現在還一直留著呢。納金高、平克勞斯貝、羅西尼、『皮爾金組曲』、還有其他各種的。全部一張都不漏地保留著。我父親死的時候，留下來做紀念的。因爲每次都很小心地聽，所以現在還完整沒有瑕疵。我想你還記得我是怎麼小心翼翼地處理那些唱片的吧？」

「妳父親去世了嗎？」

「五年前直腸癌去世的。死得很慘。原來是那麼健壯的一個人。」

我曾經見過島本的父親幾次。感覺上就像長在她們家院子裡的樫木一樣堅固結實的人。

「妳母親還好嗎？」我問道。

「嗯，大概還好吧。」

我發覺她的口氣中含有某種弦外之音。「妳跟妳母親處得不好嗎？」

島本把 daiquiri 喝乾，玻璃杯放在櫃台上，叫酒保過來，然後問我。「嘿，推薦一下你們這裡拿手的雞尾酒吧？」

「我們有幾種獨創的雞尾酒噢，有和店名相同的『知更鳥巢』，那最受歡迎。是我想出來的。以蘭姆酒和伏特加爲基調，口感相當好，不過相當容易醉。」

「聽起來好像很適合用來追女孩子啊。」

「島本哪，也許妳不太清楚，不過所謂雞尾酒這種飲料，大體上都是爲這個而存在的噢。」

她笑了。「那麼我就點這個吧。」

雞尾酒端來後，她看了一會兒那顏色，然後輕輕啜了一口，暫時閉上眼睛，讓身體適應那味道。「非常微妙的味道噢。」她說。「既不甜，也不辣。很清爽而簡單的味道，不過好像有某種深度似的。我不知道你有這麼靈巧的才能。」

「我連個櫃子都不會做，車子機油濾網都不會換。連郵票都貼不直。電話號碼也經常按錯。不過卻調出幾種獨創的雞尾酒。評語還不壞呢。」

她把雞尾酒的玻璃杯放在杯墊上，凝視了那杯子一會兒。她每傾斜一次雞尾酒杯，映在那上面的天花板的吊燈燈光就微微搖動著。

「我和母親已經很久沒見面了。十年前發生了很多麻煩事，從此以後幾乎就沒見面了。雖然在父親的葬禮上見面了。」

鋼琴三重奏剛演奏完創作的藍調曲，鋼琴開始彈起「惡星情人」(Star crossed lovers)的前奏。我在店裡的時候，那位鋼琴手經常會爲我彈這首敍事曲。因爲他知道我喜歡這首曲子。在艾靈頓公爵(Duke Ellington)所作的曲子裡，它並不是那麼有名的，而曲子本身也並沒有和我個人記憶有什麼關聯，但自從在某個場合聽到這首曲子之後，有很長一段時間，我的心都一直被它吸引著。從學生時代開始，一直到在教科書出版社上班的時候，每到夜晚就會重複一遍又一遍地播放Duke Ellington的LP『Such sweet thunder』中的「惡星情人」。那裡面有強尼霍金斯敏感而質感優美的獨唱。每次聽到那慵懶無力而優美的旋律時，我腦子裡就會浮現當時的事情。並不能算很幸福的時代，我抱著未能滿足的心情活著。那時候的我，更年輕、更飢渴、更孤獨。不過那眞的是非常單純，簡直像研磨得透明澄清了似的我。那時候，覺得所聽過音樂的每一個每一個音符，所讀過書的每一行每一行字，都好像滲透進身體裡面去了似的。神經像楔子一樣尖銳，我的眼睛好像含有能刺穿對方的銳利光芒似的。是那樣一個時代。每次一聽到「惡星情人」，我總會想起那些日子裡，每天映在鏡子裡的自己的眼睛。

「說眞的，初中三年級時，我曾經有一次去看妳。一個人實在寂寞得不得了啊。」我說。「我試著打電話，可是不通。於是我搭電車到妳家去看看。可是門牌已經換成別人了。」

「我們在你搬家後的兩年，因爲父親工作上的關係，搬到藤澤。就在離江之島很近的地方。然後就一直住在那裡。到我上大學爲止。我搬家的時候，寄出一張明信片寫了新地址，你沒收到嗎？」

我搖搖頭。「如果收到了，我一定會寫回信的啊。眞奇怪。一定是在什麼地方弄錯了。」

「也許我們只是單純的運氣不好吧。」島本說。「弄錯的事太多了，每次總是錯身而過。不過那些暫且不提了，還是說說你吧。你這一向是怎麼過的，說來聽聽吧。」

「沒什麼趣味呀。」我說。

「沒趣味也好，我想聽啊。」

我大概的跟她說我到那時候為止自己是走過什麼樣的人生。高中時代雖然交了女朋友，但卻深深傷害了她。詳細情形並沒有一一提到，不過我說明因為發生了一件事情，而那件事情傷害了她，並且同時也傷害了我自己。上了東京的大學，畢業之後進了教科書出版社。不過整個二十幾歲的年代，我每天都一直過著孤獨的日子。也沒有一個能夠稱得上是朋友的人。我跟幾個女性交往過，不過一點都快樂不起來。從高中畢業到將近三十歲遇到有紀子然後結婚為止，我從來沒有一次真正喜歡過誰。我那時候經常想到島本。想跟妳見面，我每次都想就算只有一個小時也好，如果能跟妳談一談不知道該有多麼好。我這樣說，她就微笑起來。

「你常常想到我嗎？」

「是啊。」

「我也常常想你呢。」島本說。「每次難過的時候，就覺得你對我來說，好像是這一輩子唯一的朋友似的。」然後她一隻手托著腮支在櫃台上，好像全身的力氣都放鬆了似的，暫時閉上眼睛。她的手上沒戴任何一個戒指。她的睫毛看得出偶爾微微的顫動。終於她慢慢張開眼睛，看看手錶。

我也看看自己的手錶。時刻已經快接近十二點。

她手拿起皮包，以小動作從座位下來。「晚安。很高興能跟你見面。」

我送她到門口。「要不要幫妳叫計程車？如果搭計程車回去的話，下雨恐怕不容易叫到車。」我問她。

島本搖搖頭。「沒問題。不用擔心。這點小事自己就可以辦到。」

「眞的沒失望嗎？」我問。

「對你嗎？」

「對。」

「沒有。沒問題。」島本笑著說。「請放心。不過這套西裝，眞的不是阿爾曼尼的嗎？」

然後我發現島本的腳比起以前沒那麼跛了。走法並不怎麼快，仔細觀察的話，也大概可以看出那其中含有技巧性的東西，不過她的步法幾乎已經看不出有什麼不自然的地方了。

「大概四年前手術治療過。」島本簡直就像在解釋似的說。「雖然實在無法說是完全治好，不過沒有以前那麼嚴重了。雖然那手術很大，但總算還順利。削了好多骨頭，又接了一些。」

「不過很好啊。已經看不出腳不好了。」我說。

「是啊。」她說。「我想或許這樣也好。雖然也許遲了一點。」

我在衣帽間領了她的大衣，幫她穿上。試著並排站在一起，她身高已經不顯得那麼高了。想到十二歲左右時，她的個子和我差不多的，覺得有一點不可思議。

「島本，還能跟妳見面嗎？」

「也許吧。」她說。然後嘴角稍微露出一點微笑。好像無風的日子，安靜地昇起的一小縷輕煙般的微笑。「也許。」

然後她打開門走出去。我在五分鐘之後走上階梯，走出路上看看。我擔心她是不是能順利招到計程車。外面還繼續下著雨。島本已經不在那裡了。路上已經沒有人影。只有路過的車子車前燈在濡濕的路面，滲出模糊的燈光而已。

或許我看到了幻影似的東西了，我想。我就那樣站在那裡，一直望著路上下著的雨好久好久。我覺得自己好像又再一次變回十二歲的少年似的。小時候，下雨的日子，我常常什麼也不做的一直注視著雨。什麼也不想地注視著雨時，會覺得自己的身體，好像逐漸一點一點地鬆開，快要從現實的世界脫落了似的。也許在雨中，有一種特殊的力量好像能把人催眠似的。至少那時候的我是這樣感覺的。

不過那並不是幻覺。我回到店裡時，島本坐過的位子還留有玻璃杯和煙灰缸。煙灰缸裡還有幾根沾了口紅印的煙蒂，還保持剛才輕輕按熄時的形狀。我在那旁邊坐下，閉上眼睛。音樂的聲響逐漸遙遠，我變成一個人。在那溫柔的黑暗中，雨還繼續無聲地下著。

9

然後過了相當久的時間，島本都沒有出現。我每天晚上都在「知更鳥巢」的櫃台坐著度過漫長的時間。我一面看著書，一面偶爾抬頭看一眼入口的門。不過她沒來。我開始擔心自己是不是對她說了什麼不對的話。是不是說了什麼多餘的話傷害了她呢？我回想那天夜裡自己嘴裡說過的每一句話，回想她嘴裡說過的話。不過並沒想到什麼特別不妥的事。或許島本見了我，眞的覺得很失望也不一定。這是非常有可能的。她是那麼的美麗，而且脚也不再跛了。她在我身上，已經看不出有什麼對自己貴重的東西了。

那年就那樣過去，聖誕節過了，新年來了。然後轉眼之間一月也結束了。我變成三十七歲。我已經放棄，決定不再等她了。我變成只有偶爾才在「知更鳥巢」露一會兒面。一到那裡自然就會想起她，而且會在客人之間尋找島本的影子。我會坐在櫃台，翻開書，然後不知不覺地耽溺於漫無邊際的胡思亂想。我發現我很難集中精神在什麼事情上。

她說我對她而言是唯一的朋友。說是有生以來唯一的一個朋友。我聽到這話非常高興。我想我們是不是又能重新做朋友呢？我想對她說好多事。而且想聽她說關於這些事的意見。我想如果她不願意提她自己的任何事，那也沒關係。只要能跟島本見面談話，我就很高興了。

不過她從那次以後就不再出現了。或許島本太忙所以沒時間來和我見面。不過三個月也實在是太長的空白了。如果眞的沒辦法來，也應該可以打一通電話的。結果她是把我給忘了吧？我想。我這樣一個人對她來說，或許已經不再是多麼重要的存在了。想到這裡，我很難過。覺得好像心裡開了一個小孔似的。她不應該說那樣的話的。有些話是會永遠留在人心裡的。

不過二月初，同樣也是下雨的夜裡，她來了。無聲而凝凍的雨。那一夜我正好有事，很早就到「知更鳥巢」去。客人帶進來的傘，散發著冷冷的雨的氣息。那一夜鋼琴三重奏中，加進了次中音薩克斯風，一起演奏了好幾曲。相當有名的薩克斯風手，客座上反應非常熱烈。我坐在櫃台角落平常習慣坐的位子上看著書，於是島本無聲地悄悄來到旁邊的位子坐下。

「你好。」她說。

我放下書，看看她的臉。我不太相信她眞的就在那裡。

「我還以爲妳再也不會來這裡了呢。」

「對不起。」島本說。「生氣了嗎？」

「怎麼會生氣？我不會爲這樣的事情生氣的。島本哪，這裡是店喏，客人都是想來的時候來，想回去的時候回去，我只有等人來的份哪。」

「不過總之很抱歉。我沒辦法好好說明，總之我沒辦法來這裡。」

「很忙嗎？」

「沒什麼忙的。」她以安靜的聲音說。「沒有理由忙，只是沒辦法來這裡而已。」

她的頭髮淋濕了。濕濕的前髮垂下幾縷在額頭。我叫服務生拿新的毛巾過來。

「謝謝。」說著她接過那毛巾，擦擦頭髮。然後拿出香煙，用自己的打火機點火。也許因為淋了雨覺得冷，手指有些發抖。「雨很小，而且出來的時候本來打算搭計程車的，不過走著走著居然走了相當長的路。」

「要不要喝點什麼熱的東西？」我問。

島本好像要看進我的臉似的微微笑著。「謝謝，不過沒問題。」

我看了那微笑，三個月之間的空白就在那一瞬間全部忘了。

「你在看什麼？」她指著我的書說。

我把書給她看。那是一本歷史書。寫越南戰爭之後，中國和越南之間的戰爭。她啪啦啪啦地翻閱一下還給我。

「已經不太看小說了嗎？」

「小說也還看哪。不過沒有以前看得那麼多，而且對新小說我幾乎什麼也不知道。看的都是舊小說。幾乎都是十九世紀的小說。而且多半還是以前看過的重新再看。」

「爲什麼不看新的東西呢？」

「大概是不喜歡失望的感覺吧。要是看了無聊的書，覺得好像把時間浪費掉了。而且會非常失望。以前不會這樣，時間多的是，就算覺得讀了無聊的東西，也好像能從那裡面得到一點什麼似的。多多少少。不過現在不一樣了。只會覺得浪費時間而已。也許是年紀大了的關係吧。」

「對呀，年紀大了倒是眞的。」她說，有點頑皮地笑著。

「妳還常看書嗎？」

「嗯，經常看哪，新的舊的都看。小說、非小說。無聊的、不無聊的。我跟你正好相反，我大概只是喜歡用看書來打發時間吧。」

然後她向酒保點了「知更鳥巢」。我也點了同樣的。她喝了一口送來的雞尾酒，輕輕點頭然後把它放在櫃台上。

「阿始啊，爲什麼這家店的雞尾酒怎麼喝都比別家的好喝呢？」

「因爲特別努力用心哪。」我說。「不努力什麼事都沒辦法達成。」

「例如怎麼個努力法呢？」

「例如他啊。」我說，指著正以一本正經的臉色用冰刀鑿碎冰塊的年輕英俊的酒保。「我付給那孩子非常高的薪水，高得會讓大家嚇一跳的薪水喲。雖然這件事對其他從業員是保密的。爲什麼只給那孩子那樣高的薪水呢？因爲他擁有調出美味雞尾酒的才能啊。雖然一般人可能不是很清楚，不過沒有才能是調不出美味雞尾酒的。當然任何人只要努力，也能達到相當好的地步。只要學幾個月經過訓練之後，就能做出可以拿得出去待客而不丟臉的東西。一般店裡提供的雞尾酒大概也就是這樣程度的東西。這當然也能通用。不過要再進一步的話，就需要有特別的才能才行。那就像彈鋼琴、畫畫、跑一百公尺一樣。我想我自己也相當能調雞尾酒。研究了不少也練習了很多。不過再怎麼說也比不上他。倒進同樣的酒，花同樣的時間去搖動，做出來的東西味道就是不一樣。不知道爲什麼。這只能叫做才能了。跟藝術一樣。那裡面有一道界線，有人能越過去，有人越不過去。所以一旦找到一個有才能的人，就要好好珍惜，別讓他跑掉。要付高薪。」那男孩子是同性戀，因此有時候同性戀的人也會來櫃台聚會。不過他們都是安靜的人，我也並不怎麼介意。我喜歡那男孩，他也信賴我，工作很認眞。

「或許你看起來更有經營才能噢？」島本說。

「我才沒有什麼經營才能呢。」我說。「我不是什麼實業家。只是擁有兩家小店而已。而且我既不打算再增加店數，也不打算比現在賺更多錢。這樣子既不能稱爲才能也不能稱爲手腕。不過，我每次空閒的時候，就會想，如果我是客人的話會如何。如果我是客人的話，會和誰到什麼樣的店去，想喝點什麼吃些什麼呢？如果我是二十幾歲未婚的男人，帶著自己喜歡的女孩子，會去什麼樣的店呢？這些狀況我一一想像到細節方面。預算大約有多少？大概住在哪裡？到什麼時候爲止不能不回去？我想了好多好多這些具體的例子。這些想法累積多了，店的形象也逐漸有了明確的模樣。」

島本那夜穿了淺藍色高領毛衣，深藍色裙子。兩邊耳朵上小小的耳環閃著亮光。貼身的薄毛衣顯露出乳房美好的形狀。而那使我的胸部覺得呼吸困難。

「再多談一點好嗎？」島本說。然後臉上又再露出每次那愉快的微笑。

「關於什麼呢？」

「關於你的經營方針。」她說。「聽你像這樣談這些事情好有意思噢。」

我有點臉紅起來。在人家面前臉紅眞的是很久沒有過了。「那些談不上什麼經營方針。不過島本哪，我覺得好像這種作業，從以前開始就很習慣了。一個人在腦子裡想各種情形，運用想像力，我從小時候開始一直都這樣。我會假設一個架空的場所，然後一一仔細地再添加情況，這裡可以這樣，那個改到這邊來會好一些。就像在做模擬實驗一樣。我以前好像也說過似的，我大學畢業以後一直在教科書出版公司上班。在那裡的工作實在眞無聊。因爲在那裡我沒辦法動用到我的想像力。在那裡不如說抹殺想像力才是工作。所以我做得很無趣，沒辦法。討厭去上班討厭得不得了。眞的好像快窒息了。在那裡我自己逐漸縮小，覺得好像不久就快要消失掉了似的。」

我喝了一口雞尾酒，慢慢巡視客人席一圈。下雨天這樣的來客算是多的。來玩的薩克斯風演奏者把樂器收進盒子裡。我叫服務生過來，拿一瓶威士忌到他那邊去，順便問問要不要吃點什麼。

「不過這裡卻不然。這裡如果不運用想像力，是活不下去的。而且我腦子裡想到的事情立刻就可以付諸實行。這裡沒有會議，也沒有上司。沒有前例，也沒有教育部的意向。這眞的是很棒噢。島本，妳有沒有在公司上過班？」

她依然面帶微笑地搖搖頭。「沒有。」

「那眞好。公司這種地方不適合我。一定也不適合妳。因爲我在那家公司工作了八年時間，所以我非常瞭解。我在那裡的八年，人生幾乎都無謂地浪費掉了。那是二十幾歲最寶貴的歲月呀。我想我竟然還能忍耐八年之久。不過如果沒有那些年月，或許開店也不會這麼順利吧。我這樣想。我很喜歡現在的工作。我現在擁有兩家店。不過有時候會覺得這好像只不過是自己腦子裡想出來的架空虛構的場所而已。那也就是說像空中花園一樣的東西。我在那裡種花、做噴水池。非常精巧地，非常眞實地去做它。人們來到這裡，來喝酒、聽音樂、聊天，然後回去。妳想爲什麼每天晚上有這麼多人願意付出高價特地跑來這裡喝酒呢？那是因爲任何人都多多少少在追求虛構的場所啊。爲了來看精緻地製作出來的好像浮在空中的人工庭園，爲了讓自己也進入那樣的風景之中，他們才來到這裡的啊。」

島本從小皮包裡拿出Salem煙。在她拿起打火機之前，我擦著火柴爲她點火。我喜歡爲她的香煙點火。因爲她喜歡瞇細了眼睛，看那火焰搖曳的樣子。

「說眞的，我這輩子一次也沒工作過呢。」她說。

「一次也沒有？」

「一次也沒有。旣沒有打過工，也沒有上過班。能按上勞動這名稱的東西，我從來沒經驗過。所以我現在聽你說到這些，覺得好羨慕噢。這些想法我一次也沒有過。我一直都只是一個人在讀書而已。而且我所想到的，可以說只有怎麼去花錢而已。」說著她把兩隻手伸到我面前。她右手上戴著兩條細細的金鐲子，左手戴著看起來很貴重的金手錶。她那兩隻手一直好像商品的樣本一樣伸在我面前。我握住她的右手，注視了一會兒她手腕上的手鐲。於是我想起十二歲時她握我手的事。我現在都還淸淸楚楚的記得那時候的感觸。也記得那曾經多麼震撼我的心。

「只考慮錢的用法，或許很正常吧。」我說。

然後放掉她的手。放掉手之後，突然被一種自己好像就這樣飛到什麼地方去了似的錯覺所襲擊。「想著要怎麼樣去賺錢時，很多東西就會逐漸的磨損消耗掉。一點一滴，不知不覺地減少下去。」

「不過你不明白。什麼都生產不出來，是多麼的空虛。」
「我不這樣認爲。我覺得妳是在生出很多東西的。」
「例如什麼東西？」
「例如無形的東西。」我說。我看著自己放在膝蓋上的兩隻手。
島本手上拿著玻璃杯，看了我很久。「你是指像心情一樣的東西嗎？」
「是啊。」我說。「什麼東西遲早都要消失。這家店也不知道能夠繼續開到什麼時候。人的嗜好會逐漸改變，經濟趨勢只要稍微有所改變，現在在這裡的狀況，就會轉眼之間消失掉。我看過幾個這樣的實例。眞的很簡單喏。有形的東西，總有一天會消失。可是某些種類的想法卻永遠會留下來。」
「不過阿始啊，留下來的只有難過的回憶，你不覺得嗎？」
薩克斯風演奏者走過來，跟我說謝謝我的酒，我說謝謝他的演奏。
「最近的爵手樂手大家都變得好有禮貌噢。」我向島本說明。「我學生時代不是這樣。所謂爵士樂手，大家都克藥。一半左右是個性上有瑕疵的。不過有時候倒是可以聽到讓你神魂顚倒得不得了的音樂。我每次都到新宿的爵士酒吧去聽爵士。爲了去尋找那種神魂顚倒的經驗。」
「阿始很喜歡那些人對嗎？」

吧。」

「大概吧。」我說。「我想沒有人會爲了追求馬馬虎虎的好東西而全心投入的。就算有九次失敗，人們還是願意去尋求那一次至高無上的體驗。而且這就推動著世界。我想這就是所謂的藝術吧。」

我又再凝視著膝蓋上自己的兩隻手。然後抬起頭看島本。她在等我繼續說。

「不過現在有點不一樣了。因爲現在我是經營者。我所做的只是投下資本，然後回收而已。我既不是藝術家，也沒創造出什麼。而且我在這裡也並沒有特別在支持藝術。不管喜不喜歡。這地方並不要求這些。以經營者的立場來說，彬彬有禮而外表漂亮的人比較好管理。這也是沒辦法的事吧。這個世界總不能要求到處都充滿了查理派克吧。」

她又點了一杯雞尾酒續杯。然後又抽起一根新的煙。沈默了很久。島本在那時間內似乎一直一個人在想著什麼。我側耳傾聽著貝斯手繼續獨奏長長的「擁抱你」。鋼琴手偶爾輕輕加入合弦，鼓手正擦著汗，喝了一口酒。一位常客走過來，跟我閒聊了一會兒。

「阿始啊。」好久以後島本說。「你知道什麼地方有河嗎？有漂亮河谷的河，不一定要很大，但有河灘，水流不太會停滯沈澱，很快就會流進海裡去的河。水流速度快一點的比較好。」

我有些吃驚地看著島本的臉。「河？」我說。她到底想說什麼呢？我不太明白。島本臉上沒露出什麼表情。她的臉並不想向我述說什麼。她只是好像一直在看著遠方的風景似的安靜看著我。

或許覺得實際上我就存在於離她非常遙遠的地方。她和我之間，或許被想像不到的長遠距離所分隔開。想到這裡我不得不感到某種悲哀。她的眼睛裡，有什麼東西令人感覺到那種悲哀。

「爲什麼忽然提起河呢？」我試著問她。

「只是忽然想到想問而已。」島本說。「你知不知道這樣的河？」

我學生時代，曾經一個人背著睡袋到處旅行。所以看過全日本很多的河。不過她所要的河都不太想得起來。

「靠日本海那邊，好像有一條這樣的河。」想了一會兒之後我說。「河的名字我記不得了。不過我想好像是在石川縣。去了就知道。我想也許那條河最接近妳要的。」

那條河我記得很清楚。我是在大二或大三的秋假時去的。紅葉很美，周圍的山峰看起來像血染成的似的。山逼近海，河的流水也很優美，偶爾林間還聽得見鹿的聲音。我記得在那裡還吃過美味的川魚。

「你能帶我去那裡嗎？」島本說。

「在石川縣呢。」我聲音乾啞地說。「可不像去江之島那麼近喏。要搭飛機，從那裡再換車還得開一個小時以上噢。要去的話也許還得住下來，我想妳也知道，這對現在的我是行不通的。」

島本在椅子上慢慢轉過身體，從正面看我。「阿始啊，我非常明白，拜託你這件事是不對的。

我也知道那對你來說或許負擔太大了。不過我除了你之外，沒有人可以拜託啊。我必須要去一趟，可是又不想一個人去。而且除了你之外，我不可能拜託其他的任何人。」

我看著島本的眼睛。她的眼睛看起來好像任何風都吹不進去的安靜岩石陰影下深深的湧泉潭水似的。在那裡什麼都紋絲不動，一切都完全靜止。一直往裡探視時，好像可以辨識出映在那水面的東西的形像似的。

「對不起。」她全身忽然像洩了氣似的笑了。「我並不是爲了拜託你這個而來的。我只是想見見你聊一聊而已。我並沒有打算提出這個話題的。」

我在腦子裡大略估算了一下時間。「清晨早一點出發，搭飛機來回的話，或許晚上不太晚就能回得來。這要看在那邊待多久而定。」

「在那邊我想不需要待多久。」她說。「阿始眞的能撥出時間嗎？跟我一起搭飛機到那裡再回來的時間。」

「或許。」我考慮了一下說。「我現在還不敢講。不過我想或許可以。明天晚上妳能不能打電話來聯絡一下。這個時間我會在這裡，而且在那之前我會做好安排，妳的預定呢？」

「我隨時都可以。沒有什麼預定。只要你方便的時間，我隨時都可以走。」

我點點頭。

「對不起。」她說。「也許我實在不該來見你的。也許我終究只會把很多事情都搞砸也說不定。」

十一點以前她回去了。我撐著傘爲她叫計程車。雨還繼續下著。

「再見。謝謝你。」島本說。

「再見。」我說。

然後我回到店裡，回到櫃台的同一個位子。那裡還有她喝過的雞尾酒杯。煙灰缸裡還留有幾根她抽過的Salem煙蒂。我沒有叫服務生來收走。我一直注視著那玻璃杯和煙蒂上留下來的淺色口紅。

回到家時妻還沒睡在等我。她在睡衣上罩了一件毛衣，正在看著錄影帶播的「阿拉伯的勞倫斯」。勞倫斯克服了重重困難，終於橫越沙漠，好不容易來到蘇伊士運河的那一幕。那部電影就我所知，她已經看過三次了。她說，不管看多少次都很有意思。我坐在她旁邊，一面喝葡萄酒一面一起看那部電影。

我跟她說，下星期天游泳俱樂部有一個聚會。俱樂部裡有個人有一艘相當大的遊艇，我們以前也曾經偶爾搭那遊艇出海去玩。在那裡喝喝酒、釣釣魚。雖然二月玩遊艇多少有點太冷，不過妻對遊艇幾乎一無所知，所以並沒有懷疑到這個。因爲我星期天很少一個人出去，所以她似乎覺得我偶爾和別的世界的什麼人見見面，呼吸一下外頭的空氣會比較好。

「早上很早就要出去。我想大概八點以前可以回來。晚飯回家裡吃。」我說。

「好啊。星期天我妹妹要來玩。」她說。「所以如果不冷的話，我們要帶著便當到新宿御苑去玩。四個都是女人嘛。」

「那也很不錯啊。」我說。

第二天下午，我到旅行社去預定了星期天飛機的位子和出租汽車。有一班傍晚六點半回東京的班機。這樣的話應該可以趕上吃晚飯。然後我到店裡去等她聯絡。電話十點打過來。「我想我可以撥出時間。雖然有一點忙，不過這個星期天可以嗎？」我說。

她說沒關係。

我告訴她飛機出發時刻，和在羽田機場等候的地方。

「真的麻煩你很多。」島本說。

我掛上電話後，坐在櫃台看了一會兒書。不過被店裡的吵雜聲干擾，怎麼也無法集中精神看書。我走到洗手間用冷水洗洗臉和手，試著仔細注視映在鏡子裡的自己的臉。我向有紀子說謊了，我想。到目前為止我也向她說過幾次謊。跟別的女人睡覺的時候，也稍微說過一點謊。不過我並不認為當時自己是在騙有紀子。那些只是無傷大雅的逢場作戲。不過這次不行，我想。我並不打算跟島本睡覺。不過這樣還是不行。我很久以來沒有這樣凝視過映在鏡子裡的自己的眼睛了。不過那眼睛並沒有映出我這樣一個人的任何形象。我兩手支在洗臉台上深深嘆了一口氣。

10

那水流很急的從岩石間流過，在許多小地方造成小瀑布，或在一些水窪的地方安靜休息一下。水窪的水面虛弱地反射著鈍重的陽光。眺望下游那邊，可以看見舊鐵橋。雖說是鐵橋。但也只是一輛車能夠勉強通過的狹窄小橋而已。那黑黑的無表情的鐵骨，鈍重地沈在二月凝凍的沈默之中。只有去溫泉的旅客和旅館的從業員，還有管理森林的職員會用到那座橋。我們走過那橋時，沒有遇到任何人，那以後，回頭看過幾次，也沒看見走過鐵橋的人影。我們經過旅館吃過簡單的午餐之後就走過那座橋，沿著河邊走。島本把海軍藍呢厚大衣的領子直立起來，圍巾一直高高捲到鼻子正下方。她和平常不一樣，穿著適合山中步行的休閒服。頭髮綁在後面，靴子穿的是堅固的工作靴。而且肩上斜背著一個綠色尼龍肩袋。這樣的裝扮使她看起來像個高中生。河灘上到處還積著堅硬的雪白的雪。鐵橋頂上有兩隻烏鴉一直停在那兒俯視著河川，偶爾好像要批評什麼似的，發出尖銳而生硬的啼叫聲。那聲音在葉子落盡的林間冷冷地迴響，越過河面，直刺我們的耳朵。

沿著河，一條狹窄而未鋪柏油的路長長地延伸出去。雖然不知道到底延伸到多遠？到底通到什麼地方？不過那是一條極其安靜而不見人影的路。周遭看不見像人家的樣子，只有偶爾可以看見一些已經變成赤裸裸的田地。田畝間散落了一些雪，清楚地畫出幾條白色條紋。到處都有烏鴉，烏鴉們一看見我們走在路上，簡直就像在向伙伴們發出信號似的，短短地啼了幾次。靠近牠們時烏鴉也不逃走。我們可以靠得很近看見牠們那兇器般尖銳的嘴，和顏色鮮活的腳。

「還有時間嗎？」島本問。「可以在這一帶多走一會兒嗎？」

我看看手錶。「沒問題，還有時間。我想我們可以在這裡停留一小時左右。」

「好安靜的地方噢。」她慢慢看看周圍一圈然後說。她一開口，空中就浮現一團白色凝凍的氣團。

「這樣的河可以嗎？」

她看著我的臉微笑。「看來你好像對我想要的東西都摸得一清二楚似的。」

「從顏色到形狀到尺寸。」我說。「我從以前開始就一直對河流很感興趣。」

她笑著。然後用戴著手套的手握住我也是戴著手套的手。

「不過幸虧這樣。否則來到這裡如果妳說這樣的河不行，那可就沒辦法了。」我說。

「沒問題。請你對自己有信心一點。因爲你是不會錯得太離譜的。」島本說。「不過，這樣兩個人並排走著，你不覺得好像以前一樣嗎？經常一起從學校走路回家的。」

「妳的腳不像以前那樣不好了。」

島本微微一笑看著我的臉。「你這樣說，聽起來好像覺得我的腳治好了很遺憾似的。」

「或許吧。」說著我也笑了。

「眞的這樣想嗎？」

「開玩笑的。妳的腳變好了我眞的覺得很好。只是想到過去覺得多少有點懷念，妳腳不好的那個時候。」

「阿始啊。」她說。「這次眞的非常感謝你，希望你明白。」

「沒什麼啊。」我說。「只是搭飛機來郊遊而已呀。」

島本一直望著前面走了一會兒。「不過你是對太太說了謊才出來的吧？」

「嗯。」我說。

「而且這對你來說是相當爲難的吧？你並不想對太太說謊對嗎？」

我不知道該如何回答，只好沈默不語。附近樹林又有烏鴉在高聲尖銳地啼叫著。

「我一定是把你的生活都搞亂了。這點我也很清楚。」島本小聲說。

「喂，別再提這個了。」我說。「既然特地來到這裡了，談些開朗一點的事吧。」

「例如什麼樣的事？」

「妳這副裝扮看起來好像高中生一樣。」

「謝謝。」她說。「如果真的是高中生就好了。」

我們朝著上游慢慢走。我們在那之後暫時什麼也沒說，只是集中精神在走路上。雖然她好像還不能走得太快，但只要慢慢走似乎還不至於不方便的樣子。不過島本一直緊緊握著我的手。因爲路面凍結得很硬，所以我穿的橡皮底鞋子幾乎沒發出什麼像聲音的聲音。

確實像島本說的，我想如果十幾歲的時候，或二十幾歲的時候，兩個人能夠像這樣的走不知道該有多好。如果能夠在星期天下午，兩個人手牽著手，沿著河邊在沒有任何人的路上無止盡的一直走一直走，我們的心情不知道會有多快樂。不過我們已經不是高中生了。我已經有妻子，有孩子，有工作。而且爲了到這裡來，還不得不跟妻子說謊。我現在開始就不得不搭車回到機場，坐上傍晚六點半到達東京的飛機，趕著回到妻子正在等候的家。

島本終於站定，一面搓著戴了手套的雙手，一面慢慢環視周遭一圈。她看看上游，看看下游。對岸是連綿的山峰，左手邊延伸過去是葉子完全落盡的雜木林。所到之處都看不見人影。我們剛才歇腳的溫泉旅館的影子、鐵橋的影子，現在也都隱藏到山後去了。太陽好像想起來似的偶爾從雲層的裂縫裡露出臉來。除了烏鴉的聲音和河水的聲音之外，聽不到其他任何聲音。我一面眺望著那樣的風景，一面忽然想到，總有一天一定還會在什麼地方，再看到這光景吧。換句話說那是既視感的相反。不是覺得自己以前曾經看過同樣的風景，但是預感自己將來有一天可能會在某個地方再度遇到和這一樣的光景。這預感伸出長長的手，緊緊握住我意識的根源。我可以感覺到那緊握。而在那手指尖端那一頭的就是我自己。應該存在於將來的，已有相當歲數的我自己。不過當然，我是看不見那自己的樣子的。

「這一帶就很好。」她說。

「做什麼很好？」我問。

島本露出她一貫的微笑看著我。「做我想做的事啊。」她說。

然後我們從河堤走下河邊。有一個小小的水窪，表面結了一層薄薄的冰。水窪底下有幾片落葉，像死掉的單薄的魚一樣，安靜地躺著。我撿起一個掉在河灘上的圓石子，在手掌上轉動了一會兒。島本脫下兩手的手套放進大衣口袋。然後拉開肩袋的拉鏈，拿出一個用很厚的上等布料做的袋子。那袋子裡裝有一個小罐子。她解開那罐口的帶子，輕輕打開蓋子。然後往裡面凝視了一會兒。

我什麼也沒說地安靜看著。

裡面裝了白色的灰。島本把那罐中的灰慢慢注意著不要溢出外面，小心地倒在左手掌上。結果那全部也只不過是能放進她手掌的量而已。我想那是燒了什麼東西，或什麼人的灰吧。因爲是個無風的下午，那白灰一直留在她手上。然後島本把空出來的罐子放回背袋裡。食指尖沾了少許那灰，手指伸進嘴裡，悄悄舔了一下。然後看著我的臉，想要微笑。但她沒有能夠好好微笑。她的手指還停在嘴上。

她蹲下河邊讓那灰隨水流去，在那之間我就站在旁邊守著看她。她手中僅有的一點點灰，轉眼就被河水流走了。我和島本站在河灘上，一直望著那水的去向。她注視著手掌一會兒，終於把那上面還沾著的灰也拂在水上，戴起手套。

「你想眞的會流到海裡去嗎？」島本問。

「大概會吧。」我說。不過我不確定那灰是不是眞的會流到海裡。離出海口還有一段相當的距離。那或許會沈澱在某個地方的水窪，就那樣留在那裡也說不定。不過當然，其中也有一些會一直流到大海去吧。

然後她用掉在那邊的木板碎片，在地面看來柔軟的地方挖起洞來，我也幫忙她，挖出一個小洞後，島本把那放在背袋裡的罐子埋起來。不知道什麼地方傳來烏鴉的啼聲。或許牠們從頭到尾都一直在看著我們做這個。我想沒關係，要看就看吧。並不是在做什麼壞事。我們只是把燒了什麼的灰流到河裡去而已。

「會變成雨嗎？」島本一面用鞋尖壓平地面一面說。

我抬頭看看天空。「暫時大概還不會吧。」我說。

「不，我指的是，那孩子的灰流到海裡，和水混合之後會不會蒸發，變成雲，然後變成雨下到地上來。」

我再度抬頭看天空。然後看看河流。

「或許會也不一定。」我說。

我們開著出租汽車往機場。天候急速開始變壞。頭上覆蓋著沈甸甸的雲，剛才還偶爾看得見的幾處藍天已經完全看不見。好像立刻就要開始下雪似的天氣。

「那是我的嬰兒的骨灰。我所生的唯一的孩子的灰。」島本好像自言自語似地說。

我看看她的臉，然後又再看前面。因爲卡車濺起溶雪的泥水，因此不得不偶爾動一下雨刷。

「生下來，第二天馬上就死了。」她說。「只活了一天呢，只抱了兩次或三次而已。是個非常漂亮的嬰兒。軟軟的……。雖然不太清楚原因，就是沒辦法好好呼吸。死掉的時候顏色都變了。」

我什麼也不能說。我伸出左手，放在她手上。

「是個女孩子。還沒有名字呢。」

「是什麼時候死的？」

「去年的正好這個時候。」島本說。「二月。」

「好可憐。」我說。

「我不想把她埋在任何地方。不要讓她待在黑暗的地方。我想暫時放在我身邊，然後從河裡流進海裡，最後化爲雨。」

然後島本沈默下來。就那樣一直長久沈默著。我也什麼都沒說地繼續開車。我想她一定什麼都不想說。我想讓她就那樣靜一靜。不過後來我發現島本的樣子有一點奇怪。她呼吸發出奇怪的聲音。那說起來多少有點像機器似的聲音。剛開始我還以爲是引擎有什麼地方不對。不過後來發現那聲音確實是從我旁邊的座位發出來的。那也不是嗚咽。簡直就像她的支氣管開了一個洞，每次呼吸時空氣就從那裡漏出來似的。

我在等候紅綠燈時看看她的側面。島本的臉像紙一般變成雪白。而且整個臉好像塗上了什麼似的，不自然地僵硬著。她頭靠在椅墊上，一直瞪著前面。身體一動也不動，偶爾半義務似地眨一下眼而已。我繼續開了一下，然後開進一個看來勉強適合停車的地方。那是一個已經關閉的保齡球場的停車場。空蕩蕩的機場倉庫般的建築物屋頂上，掛著一個巨大的保齡球瓶看板。簡直像來到世界盡頭似的荒涼景像。廣大的停車場只停了我們的一輛車而已。

「島本。」我開口道。「喂，島本，怎麼了？」

她沒辦法回答。只是靠在椅背上一直以那奇怪的聲音呼吸著。我伸手摸摸她的臉頰，她的臉頰簡直像被周遭的光景感染了似的冰冷，沒有血氣。額頭確實在發燒。我開始覺得要窒息了，心想她或許會這樣就死掉。她的眼睛完全沒有顯示任何表情。我試著探視那瞳孔，不過那裡什麼也看不見。瞳孔深處好像死亡本身一樣黑暗冰冷。

「島本。」我試著再大聲叫一次。不過沒有反應。連些微的反應都沒有。那眼睛沒有看著什麼地方，是不是有意識也不清楚。我想最好還是帶她去急救醫院比較好。如果到醫院去的話，一定趕不上飛機。不過現在管不了那些了。島本也許就這樣死去，不管怎麼樣，我不能讓她死。

不過當我發動引擎時，發現島本好像要說什麼。我熄掉引擎，試著把耳朵靠近她嘴邊，但這樣還是沒辦法聽出她在說什麼。那與其說是話，不如說聽來像微弱的空隙來風似的。她好像費盡力氣似地重複幾次那話。我集中意識努力去聽那是什麼話，她似乎在說「藥」的樣子。

「想吃藥嗎？」我問。

島本輕輕點頭。輕微得若有若無地點頭。那似乎是她所能做出的最大動作。我在她大衣口袋找。那裡面有錢包、手帕，和附在鑰匙環上的幾把鑰匙。但沒有藥。然後我試著打開背包。背包的內袋裡有裝藥的紙袋。那裡面放了四顆膠囊。我把那膠囊給她看。「是這個嗎？」

她眼睛不動地點頭。

我把椅背放倒，打開她的嘴，塞進一顆膠囊。但她嘴巴裡面乾乾的，沒辦法把藥送進喉嚨。我回頭看看周圍有沒有飲料自動販賣機之類的，不過沒有找到。現在也沒時間再到別的地方找。附近唯一有水氣的東西只有雪。那一帶雪倒是多得很。我下了車，從屋簷下凝固的雪中弄了一些看來沒變髒的部分，裝進島本戴的毛線帽裡帶過來。然後一點一點含進自己嘴裡溶化。等溶化還相當花時間，不久我的舌尖就失去了感覺，但除此之外想不到其他辦法。然後我打開島本的嘴，把水用嘴送進她嘴裡。送完再捏她鼻子，勉強她把水吞進去。她一面嗆著，總算把水吞進去了。這樣重複幾次之後，她才似乎好不容易把那顆膠囊吞進喉嚨裡去。

我看看那藥袋，不過那上面什麼也沒寫。藥名、她的名字、服用指示，一概都沒寫。我想，好奇怪的東西。通常藥袋上都會寫一點什麼的。爲了避免錯誤服用，或給別人服用時讓別人瞭解情況。但總之我把那紙袋放回背包內袋，就那樣觀察她的樣子一陣子。既不知道是什麼藥，也不知道是什麼症狀，但要是像她這樣平常都帶著藥出門，應該自有它的效用吧。至少這不是突發事態，而是某種程度已經預期的症狀。

大約過了十分鐘，她的臉頰終於開始稍微有了一點血色。我試著輕輕將自己的臉頰貼上去，雖然只有一點點，卻似乎稍許恢復原來的溫度了。我鬆了一口氣，身體靠在椅背上。她總算不至於死掉。我抱著她的肩膀，不時把我的臉頰靠在她臉頰上，並確定她又慢慢回到這個世界來了。

「阿始。」島本終於以微弱乾啞的聲音說。

「不去醫院行嗎？如果需要的話，我可以去找一家急救醫院。」我問道。

「不用去。」島本說。「已經沒關係了。只要吃過藥就會好。再過一會兒就會復原，所以你不用擔心。倒是時間還來得及嗎？不快點到機場去，會趕不上飛機的。」

「沒問題。不用擔心時間。再在這裡靜一下，等妳穩定下來比較好。」我說。

我用手帕擦擦她的嘴角。島本把我那手帕拿在手上，凝視了一會兒。「你對誰都這樣親切嗎？」

「不是對誰都一樣。」我說。「因為是妳呀。不可能對誰都親切，要對誰都親切，我的人生太有限了。光對妳一個人親切，我的人生已經太有限了。如果沒有限制的話，我想我可以為妳做更多事。可是卻辦不到。」

島本轉過頭來向著我一直注視著。

「阿始，我並不是為了讓你趕不上飛機，而故意變這樣的。」島本小聲說。

我嚇了一跳看看她的臉。「那當然哪。這種事不用說也知道，妳不舒服啊，那是沒辦法的。」

「對不起。」島本說。

「妳不用道歉，這又不是妳的錯。」

「可是我卻把你的腳絆住了。」

我摸摸她的頭髮，彎過身輕輕親了她的臉頰。要是可能的話，我想緊緊擁抱她全身，以我的肌膚確認她的體溫。但我不能那樣做。我只在她的臉頰上親吻一下而已。她的臉溫暖、柔軟而濕潤。「妳什麼都不用擔心。最後一切都會很順利的。」我說。

我們到機場還租車時，早就過了搭飛機的時間，但很幸運的是，飛機起飛時間延後。往東京的班機還在跑道上，乘客還沒上飛機。我們知道之後放心地鬆了一口氣。不過，反過來卻又多等了一小時才登機。櫃臺負責人說是爲了保養引擎的關係。除此之外他們並沒有透露其他消息。什麼時候可以保養好也不知道。我們什麼都不知道。到飛機場的時候就開始稀稀疏疏下起小雪，現在下得好大。這樣下去很有可能飛機不能起飛。

「如果今天回不了東京，阿始怎麼辦？」她對我說。

「不用擔心。飛機會飛的。」我說。但當然沒有任何確實的證據可以證明飛機一定會飛。一想到如果眞的變成那樣的話，我的心情就變沈重了。那樣一來我就不得不再想一個說得過去的藉口。關於我爲什麼到石川縣來，不過那到時候再說了，我想。如果眞的那樣到時候再慢慢想就好了。現在我不能不想的是島本。

「妳呢？如果今天回不了東京妳怎麼辦？」我試著問島本。

她搖搖頭。「我的事情你不用擔心。」她說。「我怎麼都可以。我想問題在你那邊。你一定很傷腦筋吧。」

「有一點。不過妳不用為這個擔心。現在還不一定不能飛呀。」

「我就知道會有這種事情發生。」島本好像在說給自己聽似的小聲說。「只要有我在，周圍一定會發生什麼意外。每次都這樣。只要跟我有關，什麼都會變糟。向來沒問題一直順利進行的事情，也會突然不順利起來。」

我坐在機場椅子上，考慮如果飛機不飛時，不得不打電話給有紀子的事。腦子裡思考著各種藉口的說法。不過結果我想怎麼說都沒用。星期天早晨說是去赴遊泳俱樂部聚會的約而出門，卻在石川縣機場被雪困住了，這不成藉口。可以說「出了門之後，突然想看日本海，於是就那樣往羽田機場走。」不過那也太笨了。要是那樣說，不如什麼也不說還好。或者把事實眞相說出來還好。而且想著想著我愕然發覺自己內心其實正在期待飛機不能起飛。我在希望飛機就這樣不能飛，被雪困住。我內心深處希望妻子發現我和島本兩個人來到這裡。我什麼藉口都不說，我不再說謊。我只要和島本兩個人留在這裡，這樣一來，以後我只要順其自然地發展下去就行了。

結果飛機慢了一個半小時後起飛了。在飛機上島本靠著我一直在睡覺。或者一直閉著眼睛。我伸手抱著她的肩膀。她看來一面睡著一面偶爾好像在哭泣。她一直沈默著，我也什麼都沒對她說。我們是在飛機準備降落時才開始開口說話。

「島本，妳眞的沒關係嗎？」我問。

她在我手臂中點點頭。「沒關係，只要吃過藥就沒關係了，所以你不用擔心。」然後她把頭悄悄靠在我肩膀上。「不過請你什麼都別問，爲什麼會這樣。」

「好，我什麼都不問。」我說。

「今天眞的謝謝你。」她說。

「今天的什麼事？」

「帶我到那裡去的事，還有用嘴巴餵我喝水的事，爲我忍耐的事。」

我看著她的臉。我眼前就是她的唇。那就是剛才我餵她喝水時親吻過的唇。而那唇看來似乎又一次重新在向我需求著。那唇微微張開，中間露出美麗的白牙齒。我還記得我餵她喝水時稍微碰觸到她那柔軟舌頭的感觸。看著那嘴唇，我呼吸非常困難，我什麼也不能想了。我感覺到身體的芯熱了起來。我想，她正需要我，而我也正需要她。不過我總算把自己壓制住了。我不能不就此止步。再往前走下去，或許會回不來了。不過要止步，實在需要相當的努力。

我從機場打電話回家。時間已經八點半了。對不起，時間晚了，因爲沒辦法聯絡，我現在開始一個小時左右會回到家，我對妻說。

「我們一直等你，等不下去就先吃晚飯了。今天煮火鍋噢。」妻說。

我讓她坐上停在機場停車場的BMW車。「送妳到什麼地方好？」

「如果方便的話讓我在青山下車。我從那裡可以一個人回去。」島本說。

「眞的一個人可以回去嗎？」

她嫣然微笑地點點頭。

一直到從外苑下首都高速公路爲止，我們幾乎什麼話都沒說。我小聲放著韓德爾風琴協奏曲的錄音帶聽。島本兩隻手規矩地並排放在膝上，一直望著窗外。因爲是星期天晚上，看來周圍的車子裡盡是出外遊玩回來的家庭。我和平常一樣頻繁變換著排檔。

「阿始啊。」車子快開進青山道時島本開口了。「我那時候眞的希望飛機不能飛呢。」她說。

我想說，我也正想著一樣的事。不過我什麼也沒說。我的嘴巴乾乾的，說不出話來，只默默點著頭，悄悄握住她的手而已。我在青山一丁目的轉角停車讓她下。因爲她要我在那邊讓她下。

「可以再去看你嗎？」島本下車時小聲問我。「不會討厭我了吧？」

「我等妳。」我說。「很快就可以見面。」

島本點點頭。

我一面在青山道上開著車，一面想，如果就這樣永遠不再和她見面的話，我一定會瘋掉。她下車之後，我覺得世界好像轉瞬之間變得空蕩蕩似的。

11

跟島本兩個人去石川縣的四天後，岳父打電話來，說有一點事情想跟我談一談，明天一起吃中飯好不好。我說好啊，說眞的，我有一點吃驚。因爲岳父是非常忙的人，他除了和工作上有關的人之外，是很少一起吃飯的。

岳父的公司半年前才剛從代代木搬到四谷一棟新蓋的七層樓辦公室。雖然是自己公司的大樓，但公司只使用六樓以上，五樓以下則出租給別的公司、餐廳和商店等。我是第一次到那棟大樓去，那邊一切都是嶄新發亮的。門廳地面鋪大理石，天花板挑高，一個大型陶瓷花瓶裡插滿了花。我走出六樓電梯，服務台坐著一位頭髮美得可以上洗髮精廣告的女孩子，用電話通知岳父我的名字。一部附有計算機造型新潮的深灰色電話機。然後她微微一笑，對我說「請進，社長在裡面等您。」雖然是很燦爛的笑臉，但和島本的笑臉比起來還是有幾分遜色。

社長室在大樓最頂層。從大玻璃窗可以眺望整個街景。雖然不能算是多麼賞心悅目的景色，但採光很好，而且寬敞。牆上掛著印象派的畫，畫的是燈塔和船。看來有點像是SEURAT的畫，說不定還是眞品。

「看來景氣不錯的樣子啊。」我向岳父說。

「不錯。」他說。然後站在窗邊，指著外面。「不錯。而且接下來還會更好。現在正是賺錢的時候。對我們的生意來說，這是二十年、三十年才會遇到一次的好時機喲。現在不賺就沒機會再賺了。你知道爲什麼嗎？」

「不知道啊。我對建設業是外行。」

「來，你從這裡看看東京的街頭。可以看到什麼地方有空地對嗎？就像牙齒拔掉了一樣稀稀落落的看得到一些什麼也沒建的空地。從上面看得一清二楚，走在下面反而不一定清楚。那是老房子和舊大樓被拆掉後的遺跡。最近土地價格急速上漲，以前的舊大樓已經逐漸不賺錢了，舊大樓租金收得不高，承租人也越來越少。所以需要更新更大的建築來代替。私人住宅，在這樣的都市中心，地價上漲後，固定資產稅和遺產稅就繳不起。所以大家都紛紛賣掉，都心的房子脫手後搬到郊外去。而買這些房子的多半是些內行的不動產業者。這些人把原來的老建築物拆掉，建起更能有效利用的新建築物。這也是這兩、三年的事。這兩、三年東京的面貌會大爲改觀。資金沒問題。日本經濟很活躍，股票也繼續上漲。銀行裡有的是大量的錢。只要有土地做擔保，要多少錢銀行都會貸給你，只要有土地就不怕沒有錢。所以大樓一棟一棟地蓋。你想是誰在蓋那些大樓的？不用說當然是我們。」

「原來如此。」我說。「可是蓋那麼多大樓之後，東京會變成什麼樣子呢？」

「會怎麼樣？會變得更活躍、更漂亮、更機能優越啊。因為街容能忠實反映經濟面貌啊。」

「變活躍、變漂亮、更機能優越是很好啊。我認為是一件好事。不過現在東京已經滿街都是車子，如果大樓再增加，那麼路上不是更動不了了嗎？水管只要一不下雨就沒水。而且一到夏天所有的大樓一起開冷氣，電力也會不夠吧？那些電是燒著中東石油發出來的。如果再來一次石油危機怎麼辦？」

「那是日本政府和東京政府要考慮的事。我們繳了那麼多稅金哪。只要讓那些東京大學畢業的官員去傷腦筋就行了。他們老是一副很了不起的神氣樣子。簡直就像是自己在推動著國家似的嘴臉。所以偶爾也要讓他們用一用那高等頭腦去想一想。我可不知道怎麼辦。我只不過是個微不足道的土蓋房子的。有人預訂我就蓋大樓。這就是所謂的市場原理。不對嗎？」

對這個我什麼也沒說。我不是到這裡來和岳父辯論日本經濟應有狀況的。

「好了別談這些難題了，我們吃飯去吧。肚子餓了。」岳父說。

我們坐上他那輛設有電話的黑色大賓士車到赤坂的鰻屋去。被引進靠裡面的房間，只有我們兩個人面對面吃著鰻魚，喝著酒。因為還是白天，所以我只稍稍沾了一點，但岳父卻喝得相當猛。

「您說有事情要談，是關於哪方面的？」我試著切入正題。如果是壞事，希望能早點聽到。

「眞的是有一點事想拜託你。」他說。「不，不是什麼嚴重的事，只是想借你的名字。」

「借名字？」

「我想開一家新公司，需要設立人的名義，雖說是名義人，其實並不需要什麼特別的資格。只要有名字在那裡就行了。不會給你添任何麻煩，該給你的謝禮，我也會照給。」

「不需要什麼謝禮。」我說。「如果眞的需要多少個名字我都願意借，可是那到底是什麼樣的公司呢？既然是跟設立人的名字有關，至少我想知道這一點。」

「正確說，不是什麼公司。」岳父說。「因爲是你，所以我坦白告訴你，那是什麼也不做的公司，只有名字存在的公司。」

「也就是所謂的幽靈公司嗎？紙上公司，隧道公司？」

「可以這麼說。」

「目的是什麼呢？節稅嗎？」

「也不是。」他很難開口地說。

「是利益輸送嗎？」我大膽地試著問。

「可以這麼說。」他說。「其實我也不喜歡這樣做。可是我們這一行多少有必要這樣。」

「如果出問題的話我怎麼辦？」

「成立公司本身是合法的。」

「但我對這公司在做什麼覺得有問題。」

岳父從口袋掏出香煙，擦著火柴點上煙。然後朝空中吐一口煙。

「沒有什麼會成問題的。而且假定出了什麼問題時，大家都看得出，你只是在道義上借名字給我而已。被太太的父親拜託上，沒辦法只好把名字借給他。誰也不會責備你。」

我考慮了一會兒。「那暗錢到底流到什麼地方去呢？」

「那個你最好不要知道。」

「關於市場原理，我想多瞭解一點詳細內容。」我說。「是流向政治家嗎？」

「那也有一點。」岳父說。

「是官員嗎？」

岳父把煙上的灰彈落在煙灰缸。「喂、喂，這樣做會變賄賂啊，後面要顧慮警察啊。」

「不過業界多少都在做吧？」

「有一點。」他說。然後臉色爲難地說，「在後面不會有麻煩的程度內。」

「暴力團呢？在買土地的時候，會用到他們嗎？」

「沒有。我從以前開始就不喜歡他們。我還不至於強迫買土地。雖然那樣也許賺錢，但我不會那樣。我只是蓋地上物而已。」

我深深嘆了一口氣。

「這種事情你一定不喜歡吧。」

「不過不管我喜歡不喜歡，您已經把我預定在內了，事情早就在進行了對嗎？以為我會答應是嗎？」

「說真的是這樣。」他說著無力地笑了。

我嘆了一口氣。「爸爸，老實說我不太喜歡這種事。我不是說公司不容許做不正當的事之類的。不過正如您所知道的。我只是過著平凡生活的平凡人。希望最好不要被捲進那些有內幕的事情裡去。」

「這個我也很清楚。」岳父說。「這我知道。所以這些就交給我。總之絕對不會給你添加任何麻煩。如果會的話，結果對有紀子和孫女也有麻煩。所以我不可能做那樣的事。你知道我是多麼重視女兒和孫女的。」

我點點頭。不管說什麼，我都沒有拒絕岳父拜託的立場。一想到這裡心情就沈重下來。我這脚已經被這個世界一點一點地往下拉下去。首先這是一步。我接受了它。然後接下來大概還會有別的再來吧？

我們接下來暫時繼續吃著。我喝著茶，但岳父還以很快的速度繼續喝酒。

「你幾歲了啊？」岳父突然問。

「三十七。」我說。

岳父一直盯著我的臉。

「三十七正是想玩的時候。」他說。「工作也充滿幹勁，對自己也有自信，所以很多女人也會自動靠近來，不是嗎？」

「很遺憾並沒有多少靠近來的。」我笑著說。然後探視他的表情。在一瞬間我忽然想道，岳父是知道我和島本的事，爲了跟我說這個才把我叫來的。可是他的語氣中並沒有追究的逼人意味。他只是把我當閒聊對象談著而已。

「我在那個年紀也很會玩。所以並不打算叫你不要玩。對自己女兒的丈夫這樣說雖然很奇怪，但我覺得還是適度地玩一玩比較好。有時候這樣比較舒坦。適度地解放過，對家庭比較順利，對工作也比較能集中精神，所以就算你跟別的女人睡覺，我也不會責備你。不過，要玩最好能慎重選擇玩的對象。如果不小心選錯對象的話，人生會走上歧路。我看過很多這樣的例子。」

我點點頭。然後我忽然想起曾經聽有紀子說過她哥哥夫妻倆感情不好的事。有紀子的哥哥比我小一歲，但另外有了女人，好像變得不太回家了。我想像岳父大概在意那個大兒子吧。所以拿我當對象提出這話題來。

「你可不要選上太無聊的女人噢，要是跟無聊的女人玩，不久連自己都會逐漸變成無聊的人。跟笨女人玩，連自己都會變笨。不過，也不要跟太好的女人玩，跟太好的女人牽連上了，會回不了頭。如果回不了頭，會迷失方向。我說的你明白嗎？」

「有一點。」我說。

「只要注意幾件事就行了。第一不要弄房子給女人。這是致命傷。第二凌晨兩點以前要回到家。凌晨兩點是不被懷疑的極限。另外一點，不要拿朋友當外遇的藉口。外遇可能會被發現。這也沒辦法，但連朋友都會失去。」

「聽起來好像是經驗之談。」

「對。人只能從經驗中得到教訓。」他說。「其中也有從經驗還學不乖的人。不過你不是這樣的人。我覺得你很有看人的眼光。那是從經驗學不到的人所辦不到的。我只去過你店裡兩、三次，但一眼就可以看出，你找到了幾個很不錯的人，而且很能善用他們。」

我默默讓話題自由發展下去。

「選太太也很有眼光。到目前爲止，結婚生活也一直安排得不錯。有紀子跟了你，兩個人過得很幸福。兩個孩子都是好孩子。這一點我很感謝你。」

我想他今天喝得相當醉了。不過我什麼也沒說，只默默聽著。

「我想也許你不知道，有紀子曾經自殺過一次。吃安眠藥。送進醫院兩天都昏迷不醒。那時候我都想已經不行了。身體變得冰冷，呼吸都快沒了似的，我想這確實已經死了，我眼前變得一陣黑。」

我抬起頭看著岳父的臉。「那是什麼時候的事？」

「二十二歲的時候。剛剛大學畢業。原因是男人。跟那個男人都訂了婚。眞是無聊的男人。有紀子外表看來很乖順，其實個性很強。頭腦也不錯。所以我現在都不能瞭解，她爲什麼會交上那樣無聊的男人。」岳父靠在房間柱子上，含起香煙點上火。「不過那對有紀子來說是第一個男人。第一次不管是誰多少都會犯錯。不過對有紀子來說，那個打擊實在太大了。所以會想到自殺的地步。而且從那次之後，這孩子就不跟任何男的來往了。以前是個相當積極的孩子，自從那件事之後，就很少外出，變得不說話，老是窩在家裡。不過認識你跟你交往以後，變得非常開朗起來。好像變了一個人似的。你們好像是旅行認識的對嗎？」

「對。是在八岳。」

「那次也是我勸她，幾乎是勉強送她出去的。我說偶爾也該去旅行一下啊。」

我點點頭。「我不知道自殺的事。」我說。

「我想你不知道比較好，所以一直都沒說。不過我想差不多也該讓你知道了。因爲往後你們還有很長的日子要一起過，所以好事壞事最好都全部知道比較好。這已經是很久以前的事了。」岳父閉上眼睛，把香煙的煙吐向空中。「做父親的這樣說雖然有點不恰當。不過她是個好女人喏。我這樣想。我也交過很多女人，所以我想我會看女人。不管是自己的女兒也好，不是也好，女人的好壞我看得很清楚。同樣是我的女兒，妹妹是臉長得比較美，但個性卻完全不一樣。你看人很有眼光。」

我沈默不語。

「噢，你好像沒有兄弟姊妹噢？」

「沒有。」我說。

「我有三個孩子。所以，你認爲我對三個孩子都很公平地喜歡嗎？」

「不知道。」

「你呢？兩個女兒你都一樣喜歡嗎？」

「一樣喜歡哪。」

「那是因爲還小。」岳父說。「孩子再長大一些之後，父母也會逐漸產生偏好。對方也會有所偏好，自己也會偏心。這個你以後就懂了。」

「是嗎？」我說。

「因爲是你我才說，三個孩子裡面，我最喜歡有紀子。雖然我覺得對其他孩子抱歉，但這是眞的。我跟有紀子很投合，可以信任她。」

我點點頭。

「你看人有眼光，看人的眼光，是非常大的才能噢。希望你永遠珍惜這眼光。我自己雖然是個差勁的人，但不見得只生得出差勁的人。」

我把喝得相當醉的岳父扶上賓士車。他坐在後座，兩腿張開，就那樣閉上眼睛。我搭計程車回家。回到家有紀子想聽父親和我到底談了什麼。

「沒什麼重要的事。」我說。「爸爸只是想找個人一起喝酒而已。好像喝得很醉的樣子，不曉得他那個樣子回公司還能工作嗎？」

「每次都這樣。」有紀子笑著說。「大白天就開始喝了酒就睡覺。然後躺在社長室大概睡一個鐘頭午覺。不過公司還不至於倒掉吧。所以沒問題，隨他去不用管他。」

「不過跟以前比起來好像酒量差一點了似的。」

「是啊。也許你不知道。媽媽去世以前，他不管喝多少臉上都絕對看不出來。眞是海量的。

不過沒辦法，大家都會上年紀的。」

她重新泡了咖啡，我們在廚房餐桌上喝著。我決定不對有紀子提關於借用名字當幽靈公司名義人的事。因爲我想她如果知道了，一定會不高興父親給我添加麻煩。有紀子大概會說「我們確實向父親借了錢，不過這個和那個是兩回事啊，因爲你不是都按期加利息還他了嗎？」不過問題並沒有那麼簡單。

小女兒在自己房間睡得很沈。我喝完咖啡之後，就把有紀子引誘到床上。我們脫掉衣服赤裸著身子，在明亮的白天光線之下安靜地互相擁抱。我花時間把她身體弄溫暖之後再進入裡面。不過那天，我一面進入她體內，卻一直想著島本。我閉上眼睛，想著自己現在擁抱著島本。想像著自己現在正進入島本體內。然後我激烈地射精。

我淋過浴之後，又上床睡了一會兒。有紀子已經整齊地穿上衣服了，但我又躺回床上後她就來到旁邊，吻著我的背。我閉著眼睛沈默不語。我因爲一面想著島本一面和她交和而感到愧疚，我依然閉著眼睛，一直沈默著。

「嘿，我眞的好喜歡你喲。」有紀子說。

「結婚已經七年了，孩子也有兩個了啊。」我說，「大概快要膩了吧。」

「是啊，不過我還是喜歡哪。」

我抱起有紀子的身體。然後開始脫她的衣服。我脫下她的毛衣和裙子，脫下內衣。

「喂，你難道眞的還要再來一遍嗎……」有紀子吃驚地說。

「當然還要再來一遍哪。」我說。

「哦，我看有必要記在日記上噢。」有紀子說。

這一次，我努力不去想島本。我抱緊有紀子的身體，看著她的臉，只想有紀子。我吻著有紀子的嘴唇、喉嚨、和乳頭。然後在有紀子體內射精。射精完畢之後，我依然就那樣緊緊抱著她的身體。

「喂，你怎麼了？」有紀子看著我的臉說。「今天跟爸爸發生了什麼事嗎？」

「什麼也沒有。」我說。「完全沒有事。不過我只想暫時這樣不要動。」

「沒關係，只要你喜歡。」她說。然後靜靜的緊緊的抱著依然留在她體內不動的我的身體。我閉著眼睛，希望自己不要跑掉地把她的身體用力壓緊在我身上。

我一面抱著有紀子的身體，一面忽然想起剛才岳父說過她自殺未遂的事。（我那時候以爲她不行了，我想這確實是死了。）或許稍有差錯，這個身體早已經消失掉了呢，我想。我試著用手輕輕撫摸著有紀子的肩膀，頭髮和乳房。那溫暖、柔軟是確實的。我可以用手掌感覺得到有紀子的存在。不過這些東西能夠繼續存在到什麼時候，誰也不知道。有形的東西轉眼之間都會消失。有紀子還有我們所在的房子，這牆壁、這天花板、這窗子，或許也都會在轉眼之間全部消失。很可能就像那個男人深深傷害過有紀子一樣，我也深深傷害了泉吧。有紀子在那之後，遇到了我。但可能泉再也沒有遇到誰。

「我要睡一下噢。」我說。「然後去幼稚園接女兒。」

「你好好睡吧。」她說。

我只睡了一會兒而已。醒過來時是下午三點過後。從臥室的窗戶可以看見青山墓地。我在窗邊的椅子上坐下，一直眺望著那墓地很久。覺得很多東西的風景在島本出現之前和之後，看起來相當不一樣。從廚房傳來有紀子正在準備晚餐的聲音。那在我耳朵裡聽起來好空虛。覺得好像是從非常遙遠的世界透過管子還是什麼傳來的聲音似的。

然後我開著BMW從地下停車場出來，到幼稚園接大女兒。那天幼稚園因爲有什麼特別的活動，女兒從裡面出來時快四點了。幼稚園前面和平常一樣排著好多擦得很漂亮的高級車。可以看見SAAB、JAGUAR、Alfa Romeo等進口名車。穿著高貴大衣的年輕母親從車裡出來，接了孩子，上車載回家去。父親來接的只有我的女兒。我找到女兒後叫她的名字，用力揮手。女兒也看到了我，揮著她的小手，向這邊走過來。不過在那之前看見一位坐在藍色賓士260E助手席上的女孩子，就一面叫著什麼一面向那邊跑去。那女孩子戴著紅毛線帽，從停著的車子窗裡探出身體。那女孩的母親穿著紅色毛大衣，戴著很大的太陽眼鏡。我走過去牽起女兒的手，她就朝我微微一笑。我也微笑答禮。那紅色毛大衣和大太陽眼鏡使我想起島本。我從澀谷跟蹤到青山時的島本。

「妳好。」我說。

「你好。」她也說。

容貌漂亮的女人，年齡怎麼看都不會超過二十五。汽車音響正播放著 Talking Heads 的「Burning down the house」。後座上放著兩個紀伊國屋的紙袋。她的笑臉相當美。女兒和她的朋友小小聲談了一會兒話，然後說再見。那個女孩子也說再見。然後按了電動鈕，玻璃窗都滑上去關起來了。我拉起女兒的手走向BMW停放的地方。

「怎麼樣啊，今天一整天有什麼開心事啊？」我問女兒。

她大大地搖頭。「沒有什麼開心事，很慘。」她說。

「噢，我們都一樣辛苦。」我說。然後彎下身親了她的額頭一下。她好像一本正經的法國餐廳經理在接到美國運通卡時一樣的表情接受我的吻。「不過明天一定會比較開心。」我說。

我也盡可能這樣相信。明天早晨醒過來，世界一定會變得更清爽，很多事情會變得比現在更快樂。不過我想並不會這樣順利。即使到了明天，很可能事態只會變得更麻煩而已。問題是我在戀愛，而我卻像這樣有妻子，有女兒啊。

「嗨，爸爸。」女兒說。「我想騎馬。你能不能有一天買一匹馬給我？」

「哦，可以呀，有一天噢。」我說。

「有一天是什麼時候？」

「等爸爸存夠了錢的時候，存夠了錢就可以買馬。」

「爸爸也有撲滿嗎？」

「嗯，我有大撲滿哪。有像這部車子一樣大的。要是存不夠這麼多就買不了馬啊。」

「你想向爺爺要，他會不會幫我買馬？爺爺不是很有錢嗎？」

「是啊。」我說。「爺爺有像那邊那棟大樓那麼大的撲滿。裡面裝了好多錢。不過因爲太大了很難從裡面拿錢出來。」

女兒一個人想了一想。

「不過可不可以問爺爺一次看看，說我想買馬。」

「說得也是。可以問他一次看看。說不定會買也不一定噢。」

開回大廈停車場之前，我和她談著馬的事。想要什麼顏色的馬啊？要給馬取什麼名字啊？想坐馬去哪裡呀？要讓馬睡哪裡呀？看她從停車場上了電梯之後，我就直接到店裡去。然後想明天到底會變怎樣？我兩手搭在方向盤上，閉上眼睛。我不覺得自己在自己的身體裡。覺得我的身體好像不知道是從什麼地方借來的似的。我想，明天我到底會變怎樣呢？如果可能的話，我想立刻就爲女兒買馬。在很多東西都消失無蹤之前，在一切的一切都損壞變糟之前。

12

然後到春天來臨前的兩個月之間，我和島本幾乎每星期都見面。她有時會忽然來到店裡，有時候到酒吧那邊，但多半是到「知更鳥巢」這邊。來的時間，都是在九點過後。然後坐在吧台喝兩杯或三杯雞尾酒，十一點左右就回去。她來的時候，我就坐在她旁邊談話。店裡的從業員們對我和她的事情是怎麼想的，我不知道。不過我對這個幾乎並不放在心上。就像小學時候同年級的同學們對我們怎麼想，我幾乎都不放在心上一樣。

有時候她會打電話來店裡，說明天中午在什麼地方見面好嗎？我們多半在表參道的咖啡店見面。然後我們吃一點東西，在那附近散散步。她和我在一起的時間大約兩小時，長的話三小時。回家的時間到了，她就看看手錶，然後望著我微笑，說「差不多該走了。」那微笑總是那麼漂亮。不過我在那微笑中，幾乎讀不出她那時所抱持的感情之類的東西。她是爲了不得不走了而難過呢？還是並不怎麼難過？或者能跟我分開而鬆了一口氣呢？連這些我都讀不出來。連她是不是眞的在那個時刻不得不回到某個地方去，我都無法確定。

不過總之，那時刻來到之前的兩小時或三小時之間，我們相當熱心的談話。不過我已經不再抱她的肩膀，她也不再握我的手。我們再也沒有互相碰過彼此的身體。

在東京街頭，島本又重新拾回以前那既酷又有魅力的笑臉。我已經看不到那個二月裡寒冷的日子，到石川縣時她讓我看到的那種感情激烈動搖的情形。那時候我們之間所產生的溫和自然的親密，也不再回來了。雖然並沒有特別約定好，但那次奇妙的小旅行所發生的事，我們再也沒有提起過。

我和她一面並肩走著，一面想她心中到底藏著什麼？而那些東西今後又將把她往什麼地方帶呢？我有時會試著探視她的眼睛深處。不過那裡只有安穩和沈默而已。在她眼瞼上的一道細紋，依然使我想起遙遠的水平線。我現在覺得好像有點可以理解高中時代泉對我可能感到的類似孤獨感似的東西。島本心中擁有只有她的孤立小世界。那只有她知道，只有她接受的世界。我進不去裡面，那個世界的門只有一次曾經正要向我打開。但現在那門又關上了。

我開始想到這個之後，就不知道什麼是對的，什麼是錯的了。我覺得自己彷彿又一次回到那個既無力又不知何去何從的十二歲少年似的。在她面前，不知道自己該怎麼辦？該說什麼？變得沒辦法判斷。我試著想冷靜下來，想動動腦筋，但不行，我每次面對她總是覺得說錯了話，做錯了事似的。不過不管我說什麼，做什麼，她每次都像把所有的感情都吞進去似的，露出那魅力的微笑看著我。好像在說「沒關係，這樣就可以。」似的。

我對島本現在所處的狀況完全一無所知。不知道她住在什麼地方？不知道她和誰住在一起？也不知道她從哪裡得到收入？她結婚了沒有？或曾經結婚又離婚了？也不知道。她只說過她曾經生過一個孩子，那孩子第二天就死了，那是去年二月的事。還有她一次也沒工作過。不過她總是穿著貴重的衣服，戴著貴重的裝飾用品。這意味著她從什麼地方獲得很高的收入。關於她我所知道的可以說只有這些。也許在生孩子的時候，她是結婚的，不過當然沒有確實的證據。那只不過是猜測而已。沒結婚而生孩子並不是沒有可能。

雖然如此，見了幾次面之後，島本開始談一些初中和高中時代的事。她似乎認爲那個時代的事，和現在的狀況沒有直接關係，所以說一說也不妨。然後我知道了她當時是過著多麼孤獨的每一天。她對周圍的人試著盡量公平，而且不管發生什麼事也都不爲自己找理由解釋。島本說「我是不想解釋的」。「人只要開始解釋一次之後，就會不斷地解釋下去，我不想過這樣的日子」。不過這種生活方式，對那個時代的她，並沒有發生什麼良好的作用，那只有使周圍的人產生很多誤解，而那些誤解又深深傷害了島本的心。她逐漸把自己封閉在自己心中。早上起來，她常常嘔吐，因爲不喜歡去上學。

有一次她拿高中時候的相片給我看。那相片裡島本坐在一張花園椅上。花園裡開著向日葵，季節是夏天。她穿著粗棉布短褲，白T恤。而且她眞的好美。她面向著鏡頭微笑。那微笑比起現在雖然顯得有幾分不篤定，但卻仍然是非常漂亮的微笑。在某種意義上那不篤定正是打動人心的微笑。那看不出是一個每天過著不幸日子的孤獨少女的微笑。

「光看這張相片，覺得妳好像過得很快樂嘛。」我說。

島本慢慢地搖搖頭。好像想起往日某個遙遠的情景時似的眼睛周圍聚集了一些迷人的皺紋。「嗨，阿始啊，相片是看不出什麼的。那只不過是像影子一樣的東西。眞正的我是在很不同的地方，沒被相片照到的。」她說。

那張相片讓我心痛。看見那張相片，我可以眞切感覺到自己到現在爲止已經失去了多少漫長的時間。那是再也回不來的寶貴時間。不管多麼努力也無法重新挽回一次的時間。那是只存在於那個時候那個場所的時間。我花了很長的時間一直盯著那張相片看。

「爲什麼看得那麼熱心呢？」島本說。

「想要埋掉時間哪。」我說。「我已經二十年以上沒看見妳了。那些空白我眞想就算能埋掉一些也好。」

她露出有點覺得不可思議的微笑看著我的臉。簡直就像我的臉上有什麼奇怪的地方似的。「好奇怪喲。你想把那歲月的空白埋掉。而我則希望那同樣的歲月能夠多少變空白一些。」她說。

從初中到高中，島本一直沒有所謂的男朋友。怎麼說她都是個漂亮女孩，因此不可能沒有人向她開口招呼。不過她幾乎都沒和那些男孩子們交往。有幾次開始想交，但卻沒有繼續下去。

「那個年齡的男孩子，一定不太喜歡我。你知道吧。那個時候的男孩子，都很粗野，只會想到自己，腦子裡只想伸手到女孩子裙子下而已。如果有這種事情，我就會很失望。我所要的，是像從前和你在一起的時候，那樣的東西。」

「島本哪，我想我十六歲的時候，也是一個只會想到自己，滿腦子只想伸手到女孩子裙子下的男生。確實沒錯就是那樣。」

「那麼我們那個時候沒見面倒好啊。」島本說著微微一笑。「十二歲時分開，三十七歲又像這樣遇到……對我們來說，或許這樣最好也不一定。」

「是這樣嗎？」

「現在的你除了伸手到女孩子裙子下之外，至少還會想到一些別的吧？」

「是有一些。」我說。「有一些。不過如果妳在意我腦子裡想什麼，或許最好下次見面時穿長褲來比較好。」

島本兩手放在桌上，一面笑一面看了手一會兒。她的手上依然沒戴戒指。她經常戴手鐲，手錶也經常換不同的戴。耳環也戴了，但就是沒戴戒指。

「而且我也不喜歡把男孩子的手脚纏住。」她說。「你也知道，我有很多事情不能做。去郊遊，去游泳，去滑雪或溜冰，去跳狄斯可，這些我都辦不到。甚至散步時也只能慢慢走。我所能做的，說起來只有兩個人坐在一起，談談話，聽聽音樂而已。而那個年代一般男孩子，是耐不住長久這樣的。我不喜歡這樣。我不想把別人的手脚纏住。」

她這樣說著，喝了些放有檸檬的礦泉水。那是三月中溫暖的下午。走在表參道上的人之中，已經可以看到穿短袖的年輕人。

「如果那個時候和你交往的話，我想我最後還是會成爲纏住你手脚的累贅。我想你一定會變得不耐煩我。你應該會想要更活動，想要飛出去更寬廣的大世界去。而迎接那樣的結果，對我又會是非常難過的吧。」

「島本哪！」我說，「不會有那樣的事。我想我不會對妳不耐煩。因爲我和妳之間擁有某種很特別的東西。這點我很清楚。用語言無法說明。不過那確實存在，那是非常珍貴重要的東西。這一點妳也一定很清楚。」

島本表情沒變地，一直注視著我。

「我並不是什麼了不起的人。也沒有什麼能夠向別人炫耀的東西。而且從前比現在更粗野，更粗心，更驕傲。所以或許我並不能算是一個適合妳的人。不過，只有這點我可以說。我絕不會對妳不耐煩。這一點我和別人不一樣。對妳來說，我真的是很特別的人。我可以感覺到這個。」

島本重新面向放在桌上的自己的手。她好像在檢點十根手指的形狀似的，手指輕輕分開。

「阿始啊。」她說。「非常遺憾的是，某些事物是不能往後退的。那一旦往前走之後，不管怎麼努力，都回不去了。如果那時候有什麼絲毫差錯的話，就會以錯誤的樣子凝固下來。」

我們有一次，曾經兩個人去聽音樂會。去聽李斯特的鋼琴協奏曲。島本打電話過來邀我，我如果有時間的話，要不要一起去聽。演奏者是南美洲出身的著名鋼琴家。我挪出時間，和她一起到上野音樂廳去。那是個相當棒的演奏。技巧上沒得挑剔，音樂本身也緻密而有深度，隨處可以感覺到演奏者的熱情。不過雖然如此，儘管閉上眼睛想集中意識，但我就是沒辦法投入那音樂的世界。那演奏和我之間好像隔著一層薄幕似的。那雖然只是似有似無的非常薄的幕，但不管怎麼努力，我都沒辦法走進另外那一側去。音樂會結束後我這樣一說，才知道島本也和我具有類似的感覺。

「不過你認為那演奏什麼地方有問題呢？」島本問。「雖然我覺得演奏得很好啊。」

「妳記得嗎？我們聽過的那張唱片，第二樂章的最後，有兩次微小的刮傷雜音。噗斥噗斥的。」我說。「沒有了那個，我覺得怎麼都不對勁了。」

島本笑了。「那個總不能稱爲藝術性的發想吧。」

「管他什麼藝術不藝術。那種東西叫禿鷲吃掉算了。不管別人怎麼說，我就是喜歡有那兩下刮傷雜音。」

「或許是這樣。」島本也承認。「不過禿鷲到底是什麼？我只知道有禿鷹，卻不知道有禿鷲呢。」

在回程電車上，我把禿鷲和禿鷹的區別詳細向她說明。關於棲息地的不同，關於鳴叫聲的不同，關於交尾期的不同。「禿鷲吃藝術爲生，禿鷹則吃無名衆生的屍體爲生。完全不一樣。」

「眞是怪人。」她說著笑了。然後在電車椅子上，她的肩膀稍微碰到我的肩膀而已。那是在那兩個月裡我們的身體唯一互相碰到的一次經驗。

就這樣三月過去了，然後四月來了。小女兒和大女兒開始上同一所幼稚園。女兒都離開身邊之後，有紀子參加了地區性義工社團，幫忙殘障兒童機構的工作。多半由我送女兒上幼稚園，然後接她們回家。如果我沒有時間，就由妻代替接送。由於孩子都稍微長大一些了，因而知道自己也稍微老了一些。孩子們和我的思慮無關，她們自己會逐漸長大。當然我愛女兒。看著她們成長對我是一大幸福。不過實際上看著女兒一個月一個月地長大起來，有時候會覺得非常苦悶。覺得好像自己體內，樹木正繼續快速成長、生根、發枝下去似的。那好像在壓迫著我的內臟、肌肉、筋骨、皮膚，勉強往外推擠似的。這種想法有時候會令我苦悶得無法安眠。

我每星期和島本見面談話一次。然後接送女兒，一週抱妻幾次。我覺得自從和島本見面之後，我比以前更頻繁地抱有紀子。不過那並不是因爲罪惡感。而是希望藉著抱有紀子，和被有紀子抱，而讓自己總算安定於某個地方。

「你怎麼了？最近有點奇怪喲。」有紀子對我說。那是在某一天下午和她擁抱過之後的事。「我沒聽說過男人三十七歲以後，性慾會突然增強的。」

「沒什麼，很普通啊。」我說。

有紀子看了我的臉一下，然後輕輕搖搖頭。

「完了完了，你的腦子裡到底在想什麼？」她說。

我空閒的時候會一面聽著古典音樂，一面從客廳窗口呆呆望著青山墓地。已經不像以前那麼常看書了，要集中精神在書上已經逐漸困難。

坐賓士 260E 的年輕女人後來也見過幾次面。我們在等女兒從幼稚園門口出來之前，偶爾會聊一聊。我們多半談一些只有住在青山附近的人才通的實際性話題。哪一家超級市場在哪一個時段停車場比較空啦，哪一家義大利餐廳的大廚換了因此味道也大爲遜色啦，明治屋的進口葡萄酒下個月拍賣啦。完了完了這簡直就是主婦們的井邊會議嘛，我想。不過不管怎麼說，這一類事情對我們的會話而言是僅有的共通話題。

四月中旬島本的影子又消失了。最後一次見面時，我們並排坐在「知更鳥巢」吧台前談話。不過快十點時，酒吧那邊打電話來，我無論如何必須趕過去那邊。「我大概三十分或四十分就回來」我向島本說。「好，沒關係，你去吧。我看書等你。」她微笑著說。

辦完事情急忙回到店裡時，吧台座位上已經不見她的蹤影。時鐘指著十一點過一點。她在店裡的紙火柴背面留言，那就放在吧臺上。上面寫著「我想以後可能暫時不能來這裡，我必須回去了，再見，保重。」

然後有一陣子，我變得非常手足無措。不知道要做什麼好。我在家裡毫無意義地走來走去，在街上閒逛，時間還很早就出去接女兒。然後和260E的年輕女人談話。我甚至和她到附近的喫茶店去喝咖啡。並且依然談一些有關紀伊國屋的青菜啦、自然屋的有精卵啦、米老鼠屋拍賣之類的話類。她說她是YOSHIE INABA服飾迷，在當季服飾上市前，她就先看商品目錄把想要的服裝全部先預約下來。然後談到表參道派出所附近以前曾經有，現在已經不見了的美味鰻魚屋。我們在談話之間感情相當融洽。她比外表看來爽快，脾氣也好。不過我對她並不抱有性方面的興趣。我只是必須找個人隨便談點什麼都行。而且我所要的是盡量無傷而無意義的話。我要的是怎麼談都不會碰到和島本有關的話題。

沒事做之後，我就到百貨公司去買東西。曾經一次買過六件襯衫。爲女兒買玩具、洋娃娃，爲有紀子買裝飾品。到ＢＭＷ展示間去了幾次，繞著M5看來看去，並不打算買，卻聽著業務員的一一說明。

不過這種浮躁不安的日子連續過了幾星期之後，我又開始集中精神在工作上。我想總不能永遠這個樣子。我把設計師和裝潢業者叫來，談改裝店鋪的事。差不多也是該改變店內裝潢，重新檢討經營方針的時候了。商店有應該安定的時期，和應該變化的時期。這和人一樣。不管什麼東西在同樣的環境下繼續不變，能量會逐漸慢慢下降。差不多該有變化時，我在那稍前就能稍微感覺得到。所謂空中庭園是絕對不能讓人們厭倦的。我決定首先改裝吧臺的一部分。把實際用起來發現不好用的設備換掉，以設計優先不得不將不方便的部分換掉，改裝成更富機能性的店。音響設備和空調設備也差不多該翻修了。其次菜單也要大幅調整。我連這些都一一徵詢每一個從業員現場的意見，什麼地方應該如何修改才好，都一一詳細列出來。那是一張相當長的清單。我把自己頭腦裡已經成形的新店具體印象詳細傳達給設計師，請他照這意思畫出圖來，畫好後又附加一些要求，讓他重新畫圖。這樣一連重複了好多次。每一種材料我都細心感覺，讓業者開出估價單，對品質和價格仔細提昇或降下。光決定洗手間放香皂的檯面就花了三星期。三星期裡我爲了選個理想的香皂檯而走遍全東京的商店。這些作業名副其實地忙死我了。不過這正是我所希望的。

五月過去，六月來了。但島本還是沒出現。我想她大概就此離去了。她寫道「以後可能暫時」不能來。那「可能」和「暫時」兩個曖昧字眼的曖昧性使我苦惱。她或許有一天還會再回來。不過我總不能呆呆坐在那邊，等候著「可能」和「暫時」。這樣的生活繼續下去，我一定會變得沒出息了。總之我讓自己集中精神於忙碌中。我比以前更頻繁地去游泳。每天早晨不休息地游接近二千公尺。然後在樓上健身房練舉重。大約一星期左右下來肌肉都開始痛得受不了。在等紅燈時左腳開始抽筋，幾乎有好一會兒不能踩離合器。不過不久我的肌肉就把那樣的運動量當做理所當然的接收了。那樣繁重的工作使我沒有空閒多想，每天結實地運動身體，使我能夠得到日常水準的集中力。我避免發呆的度時間。無論做什麼時都努力集中精神去做。洗臉時認真的洗臉，聽音樂時認眞的聽音樂。實際上時間不這樣做，我會活不下去。

夏天到了，我和有紀子經常週末帶著孩子，到箱根的別墅去住。離開東京到大自然裡，妻和女兒看起來都很輕鬆愉快。她們三個人摘摘花，用望遠鏡看看鳥，玩玩追逐遊戲，在河裡游游泳。或者只是悠閒地一起躺在庭院裡。不過我想她們完全不知道事實的眞相。如果那下雪的日子，往東京的飛機不飛的話，我或許已經拋棄了一切，就那樣和島本兩個人遠走高飛了。如果是那一天，我是會捨棄一切的。工作、家庭、金錢、一切的一切都捨棄得一乾二淨。而且即使是現在我依然一直繼續在想著島本。我還清清楚楚記得抱著島本的肩膀，吻她嘴唇時的感觸。還有我和妻一面做愛時，也無法把島本的印象從腦子裡趕走。我眞正在想什麼，沒有人知道。就像島本在想什麼我不知道一樣。

我決定暑假來改裝酒吧。當妻和兩個女兒去箱根的時候，我一個人留在東京。親自監督店的改裝，給與仔細的指示。而在空檔時間則到游泳池去游泳，在健身房繼續舉重。週末到箱根去，和女兒們一起到富士屋飯店的游泳池去游泳、吃飯。然後晚上我就擁抱妻的身體。

我雖然快要達到被稱爲中年的年齡了。但身上還沒有什麼贅肉，頭髮也看不出變薄的癥兆。白頭髮一根都沒有。由於繼續運動的關係，也沒特別感覺到體力的衰退。持續規律的生活，避免不節制、注意飲食，從來沒生過病。外表看起來好像才三十出頭。

妻喜歡撫摸我赤裸的身體。喜歡觸摸我胸部的肌肉，撫摸我完全平坦的腹部，玩弄我的陰莖和睪丸。她也去韻律教室認眞地做有氧運動。不過她身上多餘的贅肉卻似乎很難消掉。

「眞可惜上了年紀了。」她一面嘆一口氣一面說。「體重雖然減輕但腹部的肉就是減不掉。」

「不過我喜歡妳現在的身體呀。不必特地去減肥或節食，維持這樣就好了。也不是特別胖啊。」我說。而且這不是說謊。我喜歡她長了薄薄一層肉的柔軟身體。喜歡撫摸她赤裸的背部。

「你眞是什麼也不懂啊。」有紀子說著搖搖頭。「不要說得那麼簡單，什麼這樣就好了。我要維持現在這個樣子必須很拚哪。」

在別人眼裡看來，或許那樣已經是沒話說的人生了。有時候連在我自己的眼裡，看來都好像是沒話說的人生。我熱心地工作著，並且獲得相當高的收入。在青山高級區擁有四房二廳的大廈住宅，在箱根山中擁有個小別墅，擁有BMW和吉普車。維持著一個無可挑剔的幸福家庭。我愛著妻和兩個女兒。人生還有什麼可求的呢？假定就算妻和女兒們走到我面前，向我低頭說，自己希望做個更好的妻子和女兒，讓我可以更愛她們，因此如果我希望她們做什麼請不要客氣地說出來的話，我或許也想不出該說什麼吧。我眞的對她們沒有任何不滿。對家庭生活也沒有任何不滿。我想不到還有什麼更舒適快樂的生活。

不過不見島本的蹤影之後，我常常覺得像在沒有空氣的月球表面一樣。島本不見了之後，這個世界已經沒有我能敞開心的地方了。睡不著的夜裡，我安靜躺在床上，會無數次又無數次又無數次地想起下著大雪的小松機場的事。反覆想起無數次之間，我會想那記憶要是能夠磨損也好？但那記憶卻絕對不磨損。反而越想起來就變得越強烈地醒過來。機場告示板上出現全日空往東京的班機延遲。窗外大雪紛飛。五十公尺外就看不見東西的大雪。島本坐在椅子上，好像緊緊抱著自己的兩肘似的安靜坐著。她穿著海軍藍色厚毛呢大衣，圍著圍巾。那身體散發著眼淚和哀愁的氣息。我現在都聞得到那氣息。旁邊妻正安靜地發出沈睡的鼻息。她什麼也不知道。我閉上眼睛搖搖頭。「她什麼也不知道」。

我想起在那關閉的保齡球館的停車場，我用嘴把雪溶化成水再以親吻將水餵進島本口中讓她喝時的情形。想起飛機座位上，靠在我臂彎中的島本。想起那閉上的眼睛，和像嘆息時一般微微張開的嘴唇。她的身體柔軟而疲倦無力。那時候，她眞的需要我。她的心爲我而開了。然而我卻停住了脚步。站定在這如同月球表面一般空虛的，沒有生命的世界裡。終於島本離去了，我的人生又喪失了一次。

鮮明的記憶造成失眠的夜。在半夜裡兩點或三點的時刻醒過來，就那樣再也睡不著。那樣的時候，我會下床走到廚房，倒一杯威士忌喝。窗外是黑暗的墓地，看得見下面道路上來往車輛的車燈。手上拿著玻璃杯，我一直望著那樣的風景。串連深夜和黎明的時間，漫長而黑暗。有時候，我也想過，如果能夠哭出來或許會痛快一些。不過我不知道要爲什麼而哭，不知道要爲誰而哭。要爲別人而哭，我實在是個太任性自私的人，要爲自己而哭，年紀又嫌太大了。

然後秋天到了。秋天到的時候，我的心幾乎已經平靜下來。我想，這樣的生活不能一直繼續下去。那是我最後的結論。

13

早上開車送完兩個女兒到幼稚園之後，就和平常一樣到游泳池去游兩千公尺。我一面想像自己變成魚一面游著。我只不過是魚而已，可以什麼都不想。連游泳都不必去想。我只是在這裡，做我自己就行了。那就是做個魚的意思。從池裡上來，淋著浴，換上T恤和短褲，開始舉重。

然後到家裡附近租來當辦公室用的辦公套房去，整理兩家店的帳簿，計算從業員的薪資，著手擬明年二月預定要開工的「知更鳥巢」改裝工程計劃書。然後一點鐘回家，跟平常一樣和妻兩個人一起吃中飯。

「啊，對了，爸爸早上打電話來。」有紀子說。「還是一樣忙的電話，不過總之是股票的事。說是絕對有賺頭的股，要我們買。聽說照例是極機密的股票消息，不過爸爸說這次特別不同。不是跟平常一樣的，這不是消息而是事實噢。」

「既然這樣確實能賺錢，就不用告訴我，爸爸只要自己去買就好了。為什麼不那樣做呢？」

「他說這是對你上次幫忙的答謝。爸爸說這是私人性的答謝，只要這樣說你就會知道。我不知道指的是什麼。所以爸爸特地把他自己持有的部分挪出一些給我們。他說能動用多少錢就盡量動用，不用擔心，一定會賺。如果不賺，賠的由他來補。」

我把叉子放在義大利麪的盤子上，抬起頭。「然後呢？」

「因爲他說要盡量早買，所以我打電話把兩個定期存款解約，把錢匯去證券公司中山先生那裡，請他幫我們立刻買進爸爸指定的股票。現在暫且總共只能動到八百萬左右。你看是不是要再多買比較好呢？」

我喝了玻璃杯的水。然後尋思應該開口說什麼。「噢！做這種事之前，爲什麼不跟我商量一下？」

「說什麼商量，你平常不都是照爸爸說的買嗎？」她滿臉不明白的表情說。「你不是叫我做過好多次嗎？你說照爸說的妳自己去看著辦吧。所以這次我也這樣做啊。因爲爸爸說能早一小時買就盡量早買好，所以我就照他說的買了。而且你到游泳池去也聯絡不上啊，這有什麼不對嗎？」

「算了，沒關係。不過妳早上買的能不能幫我全部賣掉。」我說。

「賣？」有紀子說。然後以一副看什麼耀眼的東西時的樣子，瞇細了眼睛注視我的臉。

「只要把今天買的全部賣掉，重新存回銀行的定存就行了。」

「可是這樣一來，光是買賣股票的手續費、銀行的手續費，就要損失不少啊。」

「沒關係。」我說。「手續費只要付就行了。損失一點也沒關係。總之今天買的完全不動的全部給我賣掉。」

有紀子嘆一口氣。「你上次和爸爸發生了什麼事？是不是爲了爸爸，而扯上什麼奇怪的事了？」

我沒有回答。

「一定有什麼事對嗎？」

「有紀子，說眞的我對這種事情已經逐漸覺得厭倦了。」我說。「只不過這樣而已。我不想從股票賺錢。我要靠自己工作，用自己的手賺錢。這一向我也都做得不錯吧。錢的事情，到目前爲止應該沒有讓妳操心過，對嗎？」

「嗯，當然這點我很瞭解，你一直做得很好，我也從來沒有抱怨過一次，不是嗎？我很感謝你，尊敬你呀。不過那是另一回事，這件事爸爸也是一番好意才告訴我們的。爸爸只是要對你好啊。」

「這個我知道。不過，所謂的極機密消息妳以爲是什麼？妳以爲絕對能賺錢到底又是怎麼回事？」

「不知道。」

「那是股票操作啊。」我說。「妳知道嗎?公司內部故意操作股票,以人為手法創造高利,讓自己人互相分得。然後把那些錢流進政界,或變成企業的祕密資金。這和爸爸以前勸我們買的股票不一樣。以前的是可能會賺的股。那只是口傳的消息。雖然大多賺了,但也不是沒有不順利的情形。但這次不一樣,我覺得有點聞得出味道不對的樣子。可能的話,我不想牽連進去。」

有紀子手上拿著叉子,想了一會兒。

「不過,那眞的是像你說的不正常的股票操作嗎?」

「如果眞的想知道,妳可以直接問爸爸啊。」我說。「不過,有紀子,這點我要說清楚。這個世界上沒有絕對不賠的股票。如果有絕對不賠的股票,那就是不正常交易的股。我父親在退休之前,在證券公司上了將近四十年的班。從早到晚眞的很努力地工作。不過我父親最後留下來的,說起來也只不過是一間小小的房子而已。大概是天生不懂要領吧。我母親每天晚上瞪著家計帳簿,還要為一百圓兩百圓收支對不起來而頭痛呢。妳知道嗎?我是在這樣的家庭長大的。妳說一時只能挪動八百萬而已,不過有紀子,這是眞正的錢,不是用在玩壟斷遊戲的紙幣。一般人每天坐著電車搖搖晃晃到公司去上班,再盡可能加班,拚命地工作,一年也很難賺到八百萬圓的。我也繼續過八年這樣的生活。可是當然年收入得不到八百萬。做了八年之後,那樣的年收入還是夢想中的夢想。妳一定不曉得那是怎麼樣的生活。」

有紀子什麼也沒說。她嘴唇緊閉，一直盯著餐桌上的盤子。我發現我聲音比平常大，於是降低了聲音。

「妳若無其事地說半個月之內投資的錢就一定可以增加爲兩倍。就是說八百萬可以變成一千六百萬。不過我覺得這種感覺有什麼地方不對勁。而且我也在不知不覺中，逐漸被吞進這錯誤之中。也許我自己也正在加重這錯誤。我最近逐漸覺得自己變成空空的似的。」

有紀子隔著桌子一直注視著我。我就那樣繼續沈默地吃著午餐。感覺到自己體內有什麼在戰慄。不過我不太清楚那是焦躁還是憤怒。但不管那是什麼，我都無法制止那戰慄。

「對不起。我並不知道這樣做是多餘的。」過了很長的時間之後，有紀子以平靜的聲音說。

「沒關係。我不是在責怪妳，也不是在責怪任何人。」我說。

「買進來的，我現在立刻就去打電話，一股也不留地全部賣。所以你不要再那樣生氣了。」

「我一點也沒有生氣。」

我沈默地繼續吃著。

「你是不是有事要告訴我？」有紀子說。而且一直盯著我的臉看。「如果心裡有事，能不能坦白對我說？就算很難說出口的事也沒關係。如果我能爲你做什麼的話我一定做。雖然我不是什麼了不起的人，對人情世故也好，開店做生意也好都不太靈通，但我不願意讓你不快樂。希望你不要一個人那樣苦著臉。你對現在的生活是不是覺得有什麼不滿？」

我搖搖頭。「沒有什麼不滿。我喜歡現在的工作，也覺得幹得很有意義。當然我也喜歡妳。只是爸爸的做法我有時候會覺得無法苟同而已。我對他這個人並不討厭。這次的事也是一番好意，這我心領。所以我並沒有生氣。只是有時候我對自己這個人也不瞭解。我對自己已經失去信心，不知道自己做的是不是眞的正確。所以我很混亂，並不是在生氣。」

「不過看起來好像在生氣的樣子。」

我嘆了一口氣。

「而且經常像這樣在嘆氣。」有紀子說。「總之你最近看起來好像有點焦躁不安。常常一個人好像在想什麼似的。」

「我不知道。」

有紀子眼光並沒有從我臉上移開。

「你一定是在想什麼。」她說。「不過，我不知道你在想什麼。但願我能幫得上忙。」

我突然有一股強烈的衝動，想把一切的一切都向有紀子全盤托出。我想如果能把自己的心事，全部絲毫不保留的說出來，不知道會變得多輕鬆。這樣一來我就不必再隱瞞什麼。也不需要裝假的演技，不需要說謊。有紀子啊！其實除了妳之外，我還喜歡另一個女人，我無論如何忘不了她。

我好幾次懸崖勒馬，爲了保護妳和孩子們的這個世界而懸崖勒馬。不過我已經再也忍不住了。我已經停不下來了。下次她如果再出現，我無論如何都要抱她。我已經沒辦法再忍耐了。我曾經一面想著她一面擁抱妳。我甚至一面想著她一面自慰。

不過當然我什麼也沒說。現在向有紀子表白這些事情，又有什麼用，很可能只有使我們所有的人陷入不幸而已。

吃完飯，我回到辦公室準備繼續工作。但腦子卻已經無法集中在工作上。因爲自己對有紀子過份高壓的說話方式，讓自己覺得很討厭。雖然我所說的話本身可能並沒有錯。但，那是應該從更體面的人嘴裡說出來的話。我對有紀子說謊，背著她和島本約會。我完全沒有資格對有紀子說這麼偉大的話。有紀子認真爲我設想。那是非常明顯的，而且始終如一。然而和那比起來，我的生活方式，到底有沒有值得一提的一貫性和信念呢？這樣東想西想之下，我已經什麼也做不下去了。

我把腳蹺到桌上，手裡拿著鉛筆呆呆望著窗外很久。辦公室窗外看得見公園。因爲天氣很晴朗，所以公園裡有好幾組媽媽帶著孩子。孩子們在沙坑和溜滑梯的地方玩，母親們則聚在一起聊著天。在公園裡玩耍的孩子們讓我想起自己的女兒。我好想見女兒，而且就像平日經常做的那樣，兩邊手上各牽一個孩子去散步。我想感覺她們血肉的溫暖，但想著女兒之間，我又想起了島本。我想起她微微張開的嘴唇。島本的形象遠比女兒們的形象更強烈。一開始想到島本，就沒辦法再想其他任何事情了。

我離開辦公室，走到青山道，走進經常和島本約會的咖啡店去喝咖啡。我在那裡看書，書看累了就想島本。想起在那家咖啡店裡曾經和島本談過話的片斷。想起她從皮包掏出 Salem 香煙用打火機點火的樣子。想起她不經意地撩起額頭前的頭髮，稍稍側著頭微笑的樣子。但不久又對自己一個人坐在那裡不動覺得厭倦，於是便一直散步到澀谷。平常我喜歡走在街上，望著路邊形形色色的建築物和商店，看看各色各樣的人營生的姿態。喜歡自己以兩隻腳在街上移動的感覺本身。但今天，周遭圍繞著我的一切東西，看來都顯得陰鬱而空虛。看起來所有的建築物都好像快要倒塌了，所有的行道樹都好像暗然失色了，所有的人都好像失去了新鮮的感情，捨棄了生動的夢境似的。

我找一家盡量空的電影院進去，眼睛一直盯著銀幕。電影演完了，我走出黃昏的街頭，走進眼睛所看到的一家餐廳，簡單的用餐。澀谷車站前面被下班的上班族人潮擠得滿滿的。簡直像在看捲速加快的電影似的，一班又一班的電車繼續開進來，把月台上的人潮吞進去。這麼說來，我就是在這一帶發現島本身影的，我想。那已經是將近十年前的事了。我那時候二十八歲，還單身。

而且島本腳還跛著。她穿著紅色大衣，戴著大太陽眼鏡。然後她從這裡走到青山。感覺上那已經是非常遙遠的從前所發生的事了。

我按著順序一一想起那時候眼睛所看見的情景。在年底擁擠的人潮中，她的腳步，所轉過的每一個街角，陰沈的天空，她手上所提的百貨公司購物袋，手都沒碰一下的咖啡杯，聖誕歌曲。我再度後悔當初為什麼沒有鼓起勇氣向島本開口招呼。那時我沒有任何約束，也沒有什麼必須拋棄的牽絆。我大可以當場緊緊擁抱住她，隨便要去哪裡都行。就算島本有什麼困難，至少也應該可以盡全力去解決。然而我竟然失去了那次的機會，被那個奇怪的中年男人捉住手肘，就在那時眼看著島本上了計程車離去了。

我搭黃昏擁擠的地下鐵回到青山。在我進電影院的時候，天氣突然變壞，天空被滿含濕氣的陰雲所覆蓋。看來馬上就要下雨了。我沒帶傘，身上還穿著連帽運動外衣、牛仔褲和運動鞋，早上去游泳池時穿的衣服。本來應該先回家一次，像平常一樣換上西裝的，但不想回家，我想算了。就算一次不打領帶就到店裡去，也不會有什麼損失啊。

七點已經開始下雨了。靜悄悄的雨，但卻像是會連續下很久的綿長秋雨。我和往常一樣先到酒吧那邊露個面，看看來客的情況。由於事先周密的計劃，施工期間一直在現場監督，因此裝潢工程連細節部分都依照我的希望進行。店裡比以前好用，看來也比以前舒適。燈光照明變得更柔和，使音樂氣氛更諧調。我在店鋪後面設了一個獨立的廚房，聘請了一名正牌的廚師。菜單上列出看來簡單其實製作更精緻的餐點。沒有多餘的附屬品，但外行人卻絕對做不出來的精品，這是我的基本方針。而且這些只不過是下酒菜，因此吃的時候，必須不厤煩。此外菜單每個月必須全部換新。能夠符合我這些要求的廚師並不容易找。雖然總算找到了，但必須付出高額的薪水。我付給他遠比預定高出許多的薪水，而他也做出和薪水相當的成果，使我覺得很滿意。客人似乎也都非常滿意。

九點過後我撐著店裡的傘轉到「知更鳥巢」那邊。然後九點半島本來了。眞不可思議，她總是在下著靜靜的雨的夜晚出現。

14

島本穿著白色洋裝，上面罩一件海軍藍色寬大短外套。外套襟上別著一個銀色的魚形小別針。洋裝沒有任何裝飾，式樣非常簡單，但穿在島本身上卻顯得無比的高雅而有裝飾感。她看起來好像比以前稍微曬黑了一點。

「我以為妳再也不會來了呢。」我說。

「你每次看見我都說一樣的話。」她這樣說著笑了。她和平常一樣在吧台前我旁邊的位子坐下，雙手放在吧台上。「我不是留言說我暫時不會來嗎？」

「所謂暫時，島本哪，對等候的人來說，這字眼是沒辦法衡量長度的。」我說。

「不過，有些狀況可能有必要使用這樣的字眼，有時候只能用這樣的字眼哪。」她說。

「還有所謂可能也是無法估計重量的字眼。」

「說的也是。」她說，臉上露出往常那輕輕的微笑。那微笑讓人覺得好像是從遙遠的地方吹來的輕柔的風似的。「確實正如你說的，對不起。我不是在找理由解釋，不過沒辦法，我只能用那樣的字眼。」

「妳不用向我道什麼歉。以前也說過，在這店裡，妳是客人哪。妳只要想來的時候來就行了。我已經很習慣，我只是在自言自語而已，妳根本不需要介意。」

她叫酒保來點了雞尾酒。然後好像在檢點什麼似的把我全身上下打量了一番。「今天難得穿得這麼輕鬆啊。」

「早上去游泳時穿的。然後就沒時間再換了。」我說，「不過偶爾這樣也不錯。覺得好像又回到本來的自己一樣。」

「看起來比較年輕噢，實在看不出有三十七呢。」

「妳也眞的看不出三十七。」

「不過也不像十二歲。」

「也不像十二歲。」我說。

雞尾酒送來，她喝了一口。然後好像在側耳傾聽什麼細小的聲音似的悄悄閉上眼睛。她一閉上眼睛，我就能看到每次那眼瞼上的一道細紋。

「阿始啊，我常常想到這家店的雞尾酒，想喝它。不管在哪裡喝雞尾酒，總覺得跟在這裡喝的雞尾酒有一點不一樣。」

「到什麼遙遠的地方去了嗎？」

「爲什麼這麼想？」島本反問我。

「看來好像是這樣啊。」我說。「妳周圍好像有這種氣息。很長一段時間一直在一個很遠的地方似的。」

她抬起頭看我。然後點點頭。「阿始啊。我有很長一段時間……」她說出一半，忽然又像想起什麼似的沈默下來。我看著她在自己心中尋找詞句的樣子。但似乎並沒有找到適當的詞句。她咬著嘴唇，然後又再微笑。「對不起，總之，我應該跟你聯絡的，可是我，有些東西想還是不要碰比較好，我想讓它完整地保存著。我到這裡來，或者不到這裡來。到這裡來的時候我就到這裡來。不到這裡來的時候——我就是在別的地方。」

「沒有中間噢？」

「沒有中間。」她說。「因爲，中間性的東西不存在啊。」

「在中間性的東西不存在的地方，中間也不存在。」我說。

「對，在中間性的東西不存在的地方，中間也不存在。」

「就像在狗不存在的地方，狗屋也不存在一樣。」

「對，就像狗不存在的地方，狗屋也不存在一樣。」島本說。然後一副很奇怪的樣子看著我。

「你有一種不可思議的幽默感呢。」

鋼琴三重奏開始和平常一樣演奏起「惡星情人」，我和島本暫時沈默下來聽著那曲子。

「嗨，我可以問你一個問題嗎？」

「請。」我說。

「這曲子跟你有什麼關係嗎？」她問我。「我覺得你每次來這裡的時候，他們好像都會演奏一次這首曲子似的，這是規定還是什麼？」

「不是什麼特別的規定，只是他們的好意而已。他們知道我喜歡這曲子，所以我在這裡，他們每次都會爲我演奏這曲子。」

「好棒的曲子啊。」

我點點頭。「非常漂亮的曲子。不過不只是這樣，也是一首很複雜的曲子。聽很多次就會知道。不是每個人都能簡單地演奏的曲子。」我說。「『惡星情人』是艾靈頓跟比利史特雷亨從前作的，大概一九五七年吧。」

「惡星情人。」島本說。「那是什麼意思？」

「生於惡劣星座之下的戀人們。薄倖的戀人們。英文有這樣的詞句。這裡指的是羅密歐和茱麗葉。艾靈頓公爵和比利史特雷亨爲了在安大略的莎士比亞紀念日演奏而創作的包含這首曲子的組曲。第一次首演時，強尼霍金斯的中音薩克斯風演奏茱麗葉的角色，保羅甘札維斯的次中音薩克斯風演奏羅密歐的角色。」

「生於惡星之下的戀人們。」島本說。「簡直像是爲我們而作的曲子嘛？」

「我們是戀人嗎？」

「你不覺得嗎？」

我看著島本的臉。她臉上已經沒有微笑。只有瞳孔中還看得見微弱的光輝般的東西。

「島本，我對現在的妳一無所知啊。」我說。「我每次看妳的眼睛時都這樣覺得，我對妳一無所知，我能夠勉強說知道的，只有十二歲時的妳而已。住在附近的，同班同學的島本。那距離現在已經是二十五年前的事了。流行扭扭舞、電車還在地面跑的時代。還沒有卡式錄音帶、衛生棉球、新幹線、減肥食品的時代。遙遠的古老時代。我除了那個時候的妳之外，幾乎什麼也不知道。」

「我的眼睛這樣寫嗎？寫著你不知道我。」

「妳的眼睛什麼也沒寫。」我說。「那是寫在我眼睛上的。寫著我對妳一無所知。只是這個映在妳的眼睛上而已呀。妳什麼都不用介意。」

「阿始啊。」島本說。「我什麼都不能對你說，我覺得眞的很抱歉。我眞的這樣覺得。不過那是沒辦法的。我也一點辦法都沒有。所以你什麼也別說了。」

「就像我剛才說的，這只是自言自語而已，所以妳不用介意。」

她手放在衣襟上，用手指長久撫摸著魚形胸針。然後什麼也沒說地一直安靜聽著鋼琴三重奏的演奏。演奏完畢之後，她拍拍手，喝了一口雞尾酒。然後嘆了一口長氣之後，看我的臉。「六個月確實滿長的啊。」她說。「不過總之，我想以後可能暫時可以來這裡。」

「魔術語啊。」我說。

「魔術語？」島本說。

「可能和暫時。」我說。

島本面帶微笑地看著我的臉。然後從小皮包裡拿出香煙，用打火機點著。

「看著妳，有時候會覺得像在看一顆遙遠的星星似的。」我說。「看起來非常明亮，不過那光卻是幾萬年之前發出來的，那或許是現在已經不存在的天體之光也說不定。不過有時候，那看起來卻比任何東西都眞實。」

島本沈默著。

「妳就在那裡。」我說。「看起來好像在那裡，但妳或許已經不在那裡了。在那裡的或許只不過是妳的影子似的東西，眞正的妳或許正在別的地方。或者在很久以前已經消失了。我對這些逐漸弄不清楚了。即使我伸出手想要確定一下，但妳的身體總是隱藏進所謂『可能』和『暫時』之類的言語裡。嘿，這要繼續到什麼時候啊？」

「目前可能還會這樣。」她說。

「妳真是很有不可思議的幽默感啊。」我說。然後笑了。

島本也笑了。那就像雨停之後，雲無聲地裂開，最初的陽光從那裡漏出來時似的微笑。眼睛旁邊形成溫和的微小皺紋，那給了我某種美好的約定。「阿始啊，我要給你一個禮物噢。」

然後她把用漂亮的包裝紙包著，紅色絲帶繫著的禮物交給我。

「這看起來好像是唱片啊。」我惦惦那重量說。

「是納金高的唱片。從前我們常常在一起聽的唱片。很懷念吧？讓給你。」

「謝謝。不過妳不需要了嗎？這是妳父親的紀念品啊。」

「我還有好幾張其他的，所以沒問題，這張送給你。」

我一直注視著那依然包在包裝紙裡，還繫著絲帶的唱片。在那之間，人們的吵雜聲，鋼琴三重奏的演奏聲，簡直就像潮水引退下去時一般，一直退得好遠。在那裡只有我和島本兩個人而已，其他的東西，都只不過是幻影。在那裡既沒有一貫性，也沒有必然性。那些只不過是臨時拼湊的舞台佈景似的東西而已。那裡真正存在的，只有我和島本。

「島本。」我說。「我們找一個地方，兩個人一起聽這個好嗎？」

「要是能這樣的話那一定很棒。」她說。

「我在箱根有一個小別墅。那裡沒有別人，而且有音響。這個時間開車去只要一個半小時就可以到。」

島本看看手錶，然後看看我的臉。「現在去呀？」

「是啊。」我說。

她好像在看什麼很遠的東西似的把眼睛瞇細了看著我的臉。「現在已經十點多了。現在到箱根再回來會很晚喏。你這樣沒關係嗎？」

「我沒關係，妳呢？」

她重新看了一次錶。然後她閉上眼睛十秒鐘。張開眼時，她臉上露出一種新的表情。她閉上眼睛的時候，好像到什麼遙遠的地方去，把什麼東西放在那裡，然後再回來似的。「好啊，走吧。」她說。

我把相當於經理職務的從業員叫來，告訴他今天我要先走，其他的事由他來處理。把收銀機關掉，整理傳票，收款存進銀行的夜間金庫就行了。我走到大樓的地下停車場開出ＢＭＷ。然後從附近的公共電話打給妻，說現在要到箱根去。

「現在？」她驚訝地說。「爲什麼現在非去箱根不可呢？」

「想要想一點事情。」我說。

「那麼今天不回來了？」

「大概不回去。」

「嗨。」妻說。「剛才的事對不起。我想了很多，我想是我不好，你說得很對，股票我都全部處理掉了，所以請你回家吧。」

「有紀子，我沒有生妳的氣，完全沒有生氣。剛才的事妳不要在意。只是很多事情我需要思考，請讓我思考一個晚上就好。」

她沈默了一會兒。「我知道了。」妻說。她的聲音似乎很疲倦。「沒關係，你到箱根去好了。不過開車要小心喏，下著雨呢。」

「我會小心。」

「很多事情我都不明白。」妻說。「你是不是覺得我很累贅。」

「沒有啊。」我說。「妳沒有任何問題，也沒有責任。如果有問題的話，那是我這邊。所以那件事妳不要再掛心了。我只是想思考一些事情而已。」

我掛上電話，然後開車回店裡。有紀子大概一直在爲午餐桌上我們所交談過的話想東想西。

想我說過的，想自己說過的。這從她的音調可以聽出來。一副非常疲倦而困惑的聲音。想到這裡，我心情變得很過意不去。雨還繼續下得很大。我讓島本上車。

「妳要不要聯絡一下什麼地方？」我問島本。

她默默搖搖頭。然後像從羽田機場回來時那樣，臉好像快要碰到玻璃窗上似的一直望著窗外。往箱根的路很空。我走東名高速公路從厚木下交流道，沿著小田原厚木道路筆直開到小田原。速度錶針在一三〇到一四〇之間上下移動。雨偶爾變得很激烈，但路是走慣了好多次的熟路，我記得途中所有的轉彎和坡道。我和島本上了高速公路之後幾乎沒有開口。我小聲地放莫札特的四重奏來聽，集中精神於開車。她好像一面一直注視著窗外，一面在思考著什麼。有時候她會轉過頭來面向我，一直望著我的側面。被她這麼看著，我嘴裡好乾渴，我為了鎮定情緒不得不吞了好幾次口水。

「阿始啊。」她說。那時候我們正開在國府津一帶。「你除了在店裡之外不太聽爵士嗎？」

「是啊，不太聽。平常大多聽古典。」

「為什麼？」

「我想大概是我把爵士這種音樂當做工作了，所以走出店外之後，想聽聽別的東西吧。除了古典之外也聽搖滾。不過幾乎都不聽爵士。」

「你太太聽什麼音樂？」

「她不太自己主動去聽音樂。都是我在聽她就一起聽。但幾乎沒有自己放唱片聽過。我想也許連唱片怎麼放她都不知道吧。」

她伸手到卡帶盒，拿起幾個來看。其中也有爲了和女兒們一起唱的兒歌。「狗警察」和「鬱金香」之類的。我們到幼稚園或回家的路上常常放來跟著唱。島本很稀奇地看了一會兒那附有史奴比漫畫標籤的卡帶。

然後她又一直望著我的側面。「阿始啊。」過一會兒她說。「從旁邊這樣看你開車，我好幾次想乾脆伸手把那方向盤轉動一下看看。那樣的話一定會死掉吧？」

「嗯，確實會死。因爲時速一三〇公里呀。」

「你不喜歡和我在這裡一起死嗎？」

「這樣死不太漂亮噢。」我笑著說。「而且也還沒聽唱片哪。我們不是來聽唱片的嗎？」

「沒問題。我不會這樣做的。」她說。「只是有時候試著這樣想一下而已。」

雖然還是十月初，但箱根的夜晚已經相當冷了。到別墅之後，我把電燈打開，客廳的瓦斯暖爐點著，然後從櫃子裡拿出白蘭地玻璃杯和白蘭地酒。過一會兒房間暖和起來，我們像從前一樣並排坐在沙發，把納金高的唱片放在唱盤上。暖爐火紅紅的燃燒著，映在白蘭地玻璃杯上。島本兩腳縮到沙發上，彎進腿下似的坐著。然後一隻手搭在靠背，一隻手放在膝蓋上，和從前一樣。那時候的她，大概不太想被看到腳吧。而那習慣，即使在手術治好腳之後的現在依然保留著。納金高正唱著「國境之南」。這曲子眞是好久沒聽了。

「說眞的，小時候一面聽這張唱片，我每次都會一面覺得很不可思議地想國境之南到底有什麼呢？」我說。

「我也是。」島本說。「長大以後讀了那歌詞，覺得好失望噢。只不過是關於墨西哥的歌嘛。我覺得國境之南應該有更不得了的東西呀。」

「例如什麼樣的東西？」

島本用手把頭髮往後撥再輕輕束起來。「不知道啊。好像有什麼很漂亮、很大、很柔軟的東西。」

「有什麼很漂亮、很大、很柔軟的東西。」我說。「那是可以吃的東西嗎？」

島本笑了。微微看得見嘴裡露出的白牙齒。「我想可能不能吃吧。」

「妳想可以摸嗎？」

「我想可能可以摸吧。」

「我覺得好像太多可能了。」我說。

「那是個有很多可能的國家啊。」她說。

我伸出手，觸摸她搭在椅背上的手指。眞是好久沒有接觸她的身體了。自從由小松機場到羽田機場的飛機上之後就沒有過。我碰到那手指後，她稍微抬起頭來看我，然後又低下眼睛。

「國境之南、太陽之西」她說。

「那是指什麼，所謂太陽之西？」

「有那樣的地方啊。」她說。「你聽過西伯利亞歇斯底里嗎？」

「沒有。」

「以前我不知道在哪裡讀過這樣的事情。大概是初中時候吧。不過我怎麼也想不起來是什麼書上寫的了……總之那是住在西伯利亞的農夫得的病。你想像看看，你是一個農夫，只有一個人住在西伯利亞的荒野，然後每天每天耕著田，眼睛所看見的四周圍，什麼也沒有，北邊有北邊的地平線，東邊有東邊的地平線，南邊有南邊的地平線，西邊有西邊的地平線，只有這樣而已。每天當太陽從東方地平線昇起時，你就到田裡工作，太陽昇到正上方時，就停下工作吃午飯，太陽沈入西邊的地平線時就回家睡覺。」

「那聽起來和在青山地區經營酒吧好像是相當不同的人生啊。」

「是啊。」她說著微笑了。然後稍稍偏一下頭。「大概是相當不同吧。那樣每年每年、每天每天的繼續呀。」

「不過冬天西伯利亞不能耕田吧?」

「冬天休息呀,那當然。」島本說。「冬天每天留在家裡,做在家裡可以做的工作。然後春天來了,再出去田裡工作。你就是那樣的農夫噢,想像看看。」

「我在想啊。」我說。

「然後有一天,你體內有某個東西死去了。」

「妳說死去,是什麼樣的東西?」

她搖搖頭。「不知道啊,某個東西嘛。就在每天每天重複看著太陽從東邊的地平線昇起,通過天空中間,往西邊沈下去之間,你體內的某個東西忽然啪一聲斷掉死去了。於是你把鋤頭丟在地上,就那樣什麼也不想地一直朝西邊走去。朝著太陽之西,然後就像著了魔似的好幾天好幾天都不吃不喝的繼續走著,最後就那樣倒在地上死掉了。這就是西伯利亞歇斯底里。」

我腦子裡浮現撲倒在大地上死去的西伯利亞農夫的樣子。

「太陽之西到底有什麼?」我問。

她又再搖搖頭。「我不知道。可能什麼也沒有,可能有什麼也不一定。不過總之,那是個和國境之南有點不一樣的地方噢。」

納金高唱「Pretend」時，島本就小聲地和小時候一樣跟著唱起來。

Pretend you are happy when you are blue.

It isn't very hard to do.

「島本。」我說。「自從妳不見了以後，我一直在想妳，大約有半年時間喏。將近六個月裡，每天從早到晚我都在想妳。想到不要再想妳了，可是還是沒辦法停下來。然後最後我這樣想，我不要妳再去任何地方了，我不能沒有妳，我再也不要失去妳，看不到妳。再也不要聽到暫時這字眼。也討厭所謂的可能。我這樣想。妳說暫時不能見面，然後就失蹤了。可是誰也不知道妳眞的有一天會回來嗎？沒有任何確定的證據呀。說不定妳永遠也不會再回來了，說不定我已經再也看不到妳，就這樣走完人生。想到這裡，我心裡難過得不得了。覺得我身邊所有的一切都沒有意義了。」

島本什麼也沒說地看著我。她臉上一直露出同樣淡淡的微笑。那是不會被任何東西動搖的安靜微笑。不過我從那裡讀不出她的感情之類的東西。那微笑，並沒有告訴我任何有關潛藏在另一側的東西的樣子。面對那微笑，我一瞬間覺得連自己的感情也快要迷失了似的。變成完全不知道自己到底在哪裡？自己在朝什麼方向走？不過我花了一些時間，找到我應該開口說的話。

「我愛妳。這是眞的。我對妳的感情，是其他任何東西都代替不了的。」我說。「那是很特別的東西，是我絕對不願意再失去的東西。到目前爲止我看不到妳，失去妳好幾次。但那樣是不對的。是錯誤的。我不應該失去妳。這幾個月裡，我非常清楚。我眞的愛妳，我已經無法忍受沒有妳的生活，我不希望妳再去任何地方。」

我說完之後，她暫時什麼也沒說地閉上眼睛。暖爐的火熊熊燃燒著，納金高繼續唱著古老的歌。我想再補充說點什麼，但已經沒話說了。

「阿始啊，你好好聽我說。」過了好久之後島本才說。「因爲這是非常重要的事，所以請你好好聽。就像剛才也說過的，對我來說中間性的東西是不存在的。在我裡面中間性的東西不存在，在中間性的東西不存在的地方，中間也不存在。所以你要嘛就全部接受我，或者不要我，只能有其中之一。這是基本原則。如果你覺得繼續維持現在的狀況也沒關係的話，我想可以繼續，雖然我不知道能維持到什麼時候，但我會盡量努力去維持。我能來的時候就來看你。爲了這個我也已經很努力了。不過不能來的時候，就不能來。並不能隨心所欲的隨時來看你。這點我要說清楚，不過如果你不喜歡這樣的話，如果你不願意我再離開的話。你必須要我的全部。我的事情從頭到尾全部接受。我跛著的腳，我所包含的東西的全部。而且我可能也要你的全部。全部噢。這點你瞭解嗎？你知道這是什麼意思嗎？」

「我非常明白。」我說。

「這樣你還眞的想跟我在一起嗎？」

「我已經決定了，島本。」我說。「妳不在的時候，這個我已經想過好多好多次了，而且我已經下定決心了。」

「可是阿始啊，你太太和兩個女兒怎麼辦？你也愛你太太和女兒吧？你應該是非常珍惜她們的。」

「我是愛她們，非常愛，而且非常珍惜，正如妳所說的。不過我知道——這樣是不夠的。我有家庭，有工作。我對兩方面都沒有不滿，到目前為止，我想兩方面都很順利。我想甚至也可以說我很幸福。不過，只是這樣還不夠。我知道。自從一年前遇到妳之後，我變得非常清楚。島本，最大的問題是我欠缺了什麼。我這樣一個人，我的人生，空空的缺少了什麼，失去了什麼，而那個部分一直飢餓著，乾渴著。那個部分不是妻子，也不是孩子能夠塡滿的。這個世界上只有妳一個人能夠做到這個。跟妳在一起，我才感覺到那個部分滿足了。而且滿足之後，我才第一次發現，過去的漫長歲月，自己是多麼飢餓、多麼乾渴。我再也沒辦法回到那樣的世界去了。」

島本兩手環抱我的身體，輕輕靠過來，她的頭依在我肩膀上，我可以感覺到她柔軟的肉體，正溫柔的壓在身上。

「我也愛你呀。阿始。我出生到現在除了你沒有愛過別人。我有多愛你，我想你一定不知道。我從十二歲開始就一直愛你呢。不管被誰擁抱，總是想到你。所以我才更不想見你。和你見過一次面之後，就會變得無法忍受。可是也不能不去看你。本來想只要看到你的臉就立刻回去的，但眞的見面之後，又不能不說話。」島本輕輕把頭放在我肩膀上休息似的說。「我從十二歲開始，就希望被你擁抱，不過你大概不知道吧？」

「不知道。」我說。

「我從十二歲開始，已經想赤裸著身子和你擁抱呢。你一定也不知道吧？」

我抱緊她的身體，吻她的唇。她在我手臂中安靜閉著眼睛，身體一動不也動。我的舌頭和她的舌頭相親，我感覺到她乳房下心臟的鼓動，那是激烈而溫暖的鼓動。我閉上眼，想起她心中紅色的血。我撫摸她柔軟的頭髮，聞著那氣味。她兩手放在我背上，好像在求什麼似的游移著。唱片唱完了，唱盤停止下來，唱針回到支架上。四周只有雨聲重新包圍著我們。過一會兒之後島本張開眼，看著我的臉。「阿始。」她小聲地像耳語似的喃喃說。「眞的這樣可以嗎？你眞的要我嗎？你爲了我可以把一切都捨棄嗎？」

我點頭。「可以，我已經決定了。」

「可是如果你沒遇到我，你對現在的生活就不會感覺不滿或疑問，會就那樣安安穩穩地過一輩子，對嗎？」

「也許是吧，不過事實上我遇見了妳，而且那已經回不去了啊。」我說。「就像妳以前說過的，有些事情已經再也回不去了。只有往前走。島本，不管什麼地方，我們到兩個人能去的地方，然後兩個人重新開始。」

「阿始。」島本說。「衣服脫掉讓我看看你的身體好嗎？」

「我脫嗎？」

「是啊。你把衣服全部脫掉，讓我先看你的裸體，不喜歡嗎？」

「可以呀，只要妳想要這樣。」我說。我在暖爐前面脫衣服。我脫下連帽運動外套、脫下POLO衫、脫下牛仔褲、脫下襪子、脫下T恤、脫下內褲，然後島本要赤裸的我雙膝跪在地上，我的陰莖已經勃起得又硬又大，那使我覺得害羞。她從稍微離開的地方一直注視著我的身體，她還連外套都沒脫。

「只有我一個人脫掉衣服覺得好奇怪。」我笑著說。

「非常棒啊，阿始。」島本說。然後她來到我旁邊，用手指輕輕包住我的陰莖，吻我的嘴唇。然後她把手放在我胸上，她花很長的時間舔我的乳頭，撫摸我的陰毛，耳朵貼在我肚臍上，嘴吻睪丸，她親吻我的全身，連我的腳底都吻，她好像在愛戀著時間本身似的，好像在撫摸著、吸著、舔著時間本身似的。

「妳不脫衣服嗎？」我問。

「等一下。」她說。「我想要這樣一直看著你、再多舔舔你、摸摸你。因爲如果我現在就脫，你一定馬上就想碰我的身體對嗎？說還不行也忍不住吧，可能。」

「可能噢。」

「我不想要那樣。我不要那麼急。因爲我們花了這麼長的時間才來到這裡呀。我要先親眼看看你身體的全部，親手接觸、親自用舌頭舔。我要一一花時間去確認。不先這樣做，我就沒辦法往前走。阿始啊，如果我做的有什麼奇怪的地方，也請你不要介意，我只是必須這樣做才這樣做的。你什麼也不要說，讓我這樣做吧。」

「沒關係呀。妳喜歡怎麼樣就怎麼樣吧。不過被妳這樣盯著瞧，總覺得好奇怪喲。」我說。

「可是你不是說你是我的嗎？」

「是啊。」

「那就沒什麼好害羞的啊？」

「確實沒錯。」我說。「一定是還不習慣吧。」

「不過，請你再忍耐一下。因爲這樣做是我長久以來的夢。」島本說。

「這樣看我的裸體是妳的夢嗎？妳穿著衣服看我的裸體，摸我的身體嗎？」

「對。」她說。「我從以前開始就一直在想像你的身體。你的裸體到底是什麼樣子，你的雞雞是什麼樣子，會變多硬，多大呢？」

「爲什麼想這個呢？」

「爲什麼？」她說。「爲什麼問這個呢？我不是說我愛你嗎？不能想自己喜歡的男人的裸體嗎？你沒想過我的裸體嗎？」

「我想我想過。」我說。

「你沒有想著我的裸體自慰過嗎？」

「我想有。初中和高中的時候。」說著我訂正。「不，不只這樣，就是最近也有啊。」

「我也一樣啊。想到你的裸體，女人也一樣沒有理由不這樣做啊。」她說。

我重新把她的身體抱近，慢慢地吻她。她的舌頭伸進我嘴裡。「我愛妳，島本。」我說。

「我愛你，阿始。」島本說。「除了你我沒有愛過別人，我可以再多看你一會兒嗎？」

「好啊。」我說。

她把我的陰莖和睪丸輕輕包在她手掌裡。「好棒。」她說。「我想就這樣全部吃掉。」

「被吃掉就傷腦筋了。」我說。

「可是我想吃掉。」她說。她簡直就像在惦正確的重量似的，一直把我的睪丸放在掌心裡。然後非常珍惜似的慢慢舔著、吸著我的陰莖，然後看我的臉。「嗨，能不能先讓我依照我喜歡的方式去做我想做的？」

「沒關係呀。隨妳高興怎麼做都行。」我說。「只要不是眞的吃掉，其他怎麼樣都行。」

「也許有點奇怪，你別介意噢，因爲會害羞，所以你什麼都不要說噢。」

「什麼都不說。」我說。

她讓我仍然跪在地上，用左手抱住我的腰。然後她還穿著洋裝用一隻手脫絲襪。脫內褲。然後用右手拿著我的陰莖，用舌頭舔。然後把自己的手伸進裙子裡，然後一面吸著我的陰莖，那隻手開始慢慢動起來。

我什麼都沒說。她有她的做法。我看著她的嘴唇、舌頭，和伸進裙子裡慢慢移動的手。然後忽然想起停在那保齡球館的停車場裡的出租汽車裡，變得僵硬蒼白的島本。我還記得淸淸楚楚那時候在她瞳孔深處所看見的東西。那瞳孔深處的東西，就像地底冰河一般僵硬冷凍的黑暗空間。在那裡所有的聲響都被吸進去，永遠都不再浮上來，只有深深的沈默，除了沈默沒有別的。凝凍的空氣發不出任何種類的聲響。

那是我有生以來第一次目睹死亡的光景。在那之前我從來沒有過身邊的人死去的經驗。也沒有親眼看過任何人在我眼前死去。所以沒辦法具體想像，到底死是怎麼一回事。但那一次，死的原形就在我眼前，就在面前幾公分的地方展開。我想，這就是所謂死的樣子。他們說有一天你也會來到這裡。任何人，都會掉進這黑暗的根源中，喪失共鳴的沈默中，掉進無止無境的孤獨中。我面臨這樣的世界，感到幾近窒息的恐怖。我想在這黑暗的洞穴中是沒有所謂底的。

我朝著那凝凍的黑暗深處呼喚著她的名字。島本！我好幾次大聲喊著。然而我的聲音卻被吸進無盡的虛無裡去。不管我怎麼喊，她瞳孔深處的東西，還是絲毫沒有動搖。她依然發出那奇怪的隙風般的聲音繼續呼吸著。那規則的呼吸，告訴我她還在這邊的世界。不過那瞳孔深處所有的，卻是一切都死絕的那邊的世界。

我一面一直望進她瞳孔中的黑暗，一面喚著島本的名字時，逐漸被自己的身體似乎被吸進那裡面的感覺所侵襲。簡直就像眞空的空間把周圍的空氣吸進去似的，那個世界正把我的身體吸進去。我現在都還想得起那確實的力量的存在。那時候，他們也在呼喚著我。

我緊緊閉上眼睛，然後把那記憶從腦子裡趕走。

我伸手撫摸島本的頭髮。我觸摸她的耳朵，把手放在她的額頭上。島本的身體是溫暖的、柔軟的。她簡直就像在吸取生命本身一般，繼續吸著我的陰莖。她的手簡直就像在傳達什麼似的，撫摸著裙子下自己的性器。一會兒之後，我射精在她口中，她停止手的動作閉上眼睛，然後舔著我的精液把最後的一滴都吸光。

「對不起。」島本說。

「沒什麼好道歉的。」我說。

「最先我想這樣做。」她說。「雖然很害羞，不過不這樣做一次，心情怎麼也平靜不下來。這對我們來說好像是一種儀式一樣。你明白嗎？」

我抱著她的身體。然後輕輕把臉頰貼在她臉頰上。感覺得出她臉頰確實的溫暖。我把她的頭髮撩上去，吻著她的耳朵。然後試著探視她的眼睛，我可以看見她的瞳孔上映著我的臉。然後那深處一如平常那樣有一口深得看不見底的泉水。而且那裡閃著微弱的光，我感覺那就像生命之燈似的，雖然也許什麼時候會消失，但現在卻確實在那裡的燈光。她向我微笑。她每次微笑眼睛旁邊總是會形成微小的皺紋。我吻著那微小的皺紋。

「現在換你來脫我的衣服，而且讓你依你喜歡的去做，剛才是要你讓我依我喜歡的去做，所以接下來你可以依你喜歡的去做了。」

「極平常的就很好，那樣可以嗎？也許我比較缺乏想像力。」我說。

「可以呀。」島本說。「我也喜歡平常的。」

我脫下她的洋裝，她的內衣。然後讓她躺在地上，吻她的全身。看遍她身體的每個角落，用手觸摸、用唇親吻。我花了很長的時間，慢慢確認她的全身，一一記憶起來。歷經這樣漫長的歲月好不容易才來到這裡，我也跟她一樣不想太急。我盡量能忍就忍，一直到實在忍不住了，才慢慢進入她體內。

我們一直到黎明前才睡。在那地上我們做愛了幾次，我們溫柔地做，然後激烈地做。中途有一次，她感情的線像斷了似的，激烈地哭起來。然後用拳頭用力敲著我的背和肩。在那之間，我緊緊擁抱住她。看樣子如果我不緊緊抱住她，島本好像就要支離崩潰了似的。我好像在撫慰她什麼似的，一直撫摸著她的背。我親吻她的脖子，用手指梳順她的頭髮。她已經不是冷靜而自我抑制力強的島本。漫長的歲月，在她內心深處所凍僵的東西，似乎已經開始逐漸一點一滴地溶化而露出表面上來。我可以感覺到那氣息和遠始的胎動。我緊緊擁抱住她，讓那胎動進入我的身體內部。我想這樣或許可以使她逐漸變成我的。我已經無法離開她了。

「我想知道妳的事。」我對島本說。「我對妳什麼都不知道，妳過去是怎麼生活的？現在住在什麼地方？在做什麼事？妳結婚了嗎？這些所有的事情我全部都想知道。我已經無法再忍受妳對我保有任何祕密了。」

「明天再說吧。」島本說。「明天，我會什麼都告訴你。所以現在你什麼都不要問。今天還是什麼都不知道比較好。如果我現在說出來，你會永遠回不了原來的地方噢。」

「反正我已經不回去原來的地方了啊，島本。而且說不定明天不會來呢。而且如果明天沒來，那麼我就永遠完全不知道妳心中抱著什麼樣的事了。」我說。

「如果明天眞的不來倒好了。」島本說。「如果明天不來，你就可以什麼都不知道了。」

我想要說什麼時，她就吻我把話堵住。

「就讓明天被禿鷹吃掉好了。」島本說。「禿鷹可以吃明天嗎？」

「可以呀，很合。禿鷹雖然吃藝術，但也吃明天。」

「那麼禿鷹吃什麼呢？」

「吃無名大衆的屍體。」我說。「和禿鷹完全不同。」

「禿鷹是吃藝術和明天的嗎？」

「是啊。」

「好像好棒的組合啊。」

「然後甜點是吃岩波新書的目錄。」

島本笑了。「不過總之，明天吧。」她說。

明天當然是來了。可是醒來時，卻只剩我一個人。雨已經完全停了，透明光亮的晨光從臥室窗口射進來。時鐘指著九點過，床上沒有島本的身影。我身旁的枕頭還留下她頭的形狀似的微微凹痕。但到處沒看見她。我下床走到客廳找她，試著找過廚房、兒童房和浴室，但都沒有她。她的衣服也不見了，她的鞋子也不在玄關。我深呼吸一下，讓自己重新溶入現實中。但那現實中卻有什麼沒看慣的奇怪地方。那是和我想像中的現實形狀不同的現實。那是不能夠有的現實。

我穿上衣服，走出屋外看看。那裡BMW還和昨夜停的時候一樣地停著。也許早上島本很早醒來一個人出去散步了。我在屋子附近走著，試著尋找她的蹤影。然後開車到附近路上轉了一會兒。開出外面的大馬路，一直開到宮之下一帶。但卻到處看不到島本的影子。回到屋裡，島本還是沒回來。我想會不會有什麼留言之類的，我在家裡每個角落都找遍了，但什麼都沒有。連她曾經來過的痕跡都沒有。

島本不見蹤影之後屋子裡空蕩蕩的令人窒息。好像空氣中混雜了什麼粗粗的粒子似的，吸進空氣時覺得喉嚨好像被卡住似的。然後我想起了唱片。她送給我的納金高的老唱片。但不管怎麼找都沒看見那唱片。島本走的時候似乎也把那一起帶走了。

島本又從我眼前消失了。這次既沒有可能也沒有暫時。

15

我那天四點前回到東京。我想說不定島本會回來，因此在箱根的家裡等到中午過後。因爲什麼也不做很難過，因此我打掃廚房、整理放在那裡的衣服之類的打發時間。沈默很凝重，偶爾聽見的鳥叫聲、車子的排氣管聲，也總覺得有點不自然而不均勻。周圍稱得上聲音的聲音，聽起來都好像被什麼力量勉強扭曲，或壓縮了似的。我在那裡面等待著什麼的發生。應該有什麼會發生的，我想。因爲事情沒有理由就這樣結束的。

可是什麼也沒發生。島本這個人一旦決定一件事情之後，是不會因爲時間的經過而隨便改變的。我想我必須回東京。如果島本會跟我聯絡的話——這幾乎是不可能的——但假如會那麼也應該是到店裡來。無論怎麼樣再在這裡待下去已經沒有任何意義了。

開著車的時候，我好幾次不得不勉強自己意識回到駕駛上。好幾次我都差一點沒看到紅綠燈，轉彎轉錯，弄錯車道。把車停進店裡的停車場之後，我從公共電話打電話回家。告訴有紀子我回來了。然後說我直接去工作。有紀子對這個什麼也沒說。

「好晚了，我一直很擔心呢。也不打一通電話。」她以乾硬的聲音說。

「沒問題，什麼也不用擔心。」我說。我不知道自己的聲音在她耳朵裡聽來是什麼感覺。「因爲沒時間所以我就直接到辦公室去，整理一下帳簿，然後到店裡去嗅。」

我到辦公室去，坐在桌子前面，什麼也沒做，一個人一直待到夜晚的時間。然後想著昨夜發生的事。很可能島本在我睡著之後，一點都沒睡的醒著，天一亮她就離開了。不知道她是怎麼從那裡回去的。出到外面大馬路之前還有相當一段路，即使出了大馬路，早上這麼早，在箱根山裡面也非常難找到巴士和計程車。何況她還穿高跟鞋。

爲什麼島本非要從我眼前消失不可呢？這是我一面開車時一直在想的問題。我說過我要她，她也說過她要我。而且我們毫不保留地擁抱過。雖然如此，她還是把我留下，一句話也沒說地一個人走掉了。島本連說要送我的唱片也一起帶走了。她這樣的行爲所意味的事情，我多少可以推測到一些。那其中應該有什麼含意，有什麼理由。島本不是心血來潮突然採取行動的那一型。不過，我已經無法從理論上去追根究柢思考事情了。所有的思緒都在我腦子裡紛紛無聲地散落。就算還要勉強去想什麼時，頭腦深處就會鈍鈍地疼痛。我發現自己非常疲倦。我坐在地上，靠著牆壁，閉上眼睛。一閉上眼睛，就沒辦法張開。我所能做的只有回憶而已。我放棄思考，像不會停止的迴旋卡帶一樣，只是一遍又一遍地反覆回憶各種事情。我想起島本的身體。閉上眼睛，就一一想起躺在暖爐前面她的裸體，還有她身上的每一個部位。她的頭和乳房和腹部和陰毛和性器和背和腰和腳。這些形象實在太接近、實在太鮮明了。有時候遠比現實還要接近、還要鮮明。

漸漸地，我已經無法再忍耐在這狹小的屋子裡被這些活生生的幻影所包圍。我走出辦公室那棟建築，漫無目的地在那附近走著繞著。然後到店裡面，在洗臉台刮了鬍子。試想了一下我從早上就一直沒洗臉，而且身上還穿著和昨天一樣的連帽運動外套。從業員沒有特別說什麼，但卻以異樣的表情骨溜溜地看我。不過我不想回家。如果現在回家，而且面對有紀子，我很可能把一切都全盤托出。我愛島本，和她過了一夜，準備連家、女兒和工作都一起拋棄。

我想是不是眞的該坦白說出來呢？不過我沒辦法做到。現在的我已經沒有力氣判斷什麼是對什麼是錯。連自己身上發生的事都無法正確掌握。所以我沒回家。我走出店外，等島本來，她應該不會來了，我非常淸楚，但我還是禁不住要這樣做。我到酒吧去尋找她的身影，然後坐在「知更鳥巢」吧台一直到打烊，我空虛地繼續等著她。在那裡和幾個常客跟往常一樣閒聊著，但那些話我幾乎都沒在聽。一面漫應著，一面卻一直回想著島本的身體。回想著她的性器是如何溫柔地迎接我。還有回想那時候她是如何地呼喚我的名字。然後每一次電話鈴響我的心就砰砰跳。

店打烊了，大家都走光之後，我還一個人坐在吧台喝酒。不管喝多少，卻一點也沒有醉意，反而頭腦逐漸淸醒過來。我想，眞的一點辦法也沒有。回到家，時鐘的針已經繞過兩點了。有紀子還沒睡在等我。我沒辦法睡，只好到廚房坐在餐桌上喝威士忌，她也拿著杯子過來跟我喝一樣的東西。

「放點音樂吧。」有紀子說。我把眼前看到的卡帶放進片匣，打開燈，音量調低免得吵醒小孩。然後我們隔著餐桌有一會兒什麼也沒說只是喝著各自杯裡的酒。

「你是不是除了我之外有了別的女人？」有紀子一面一直注視著我的臉一面說。

我點點頭。我想有紀子這句話一定不知道在她腦子裡反覆了多少遍又多少遍。那句話有著清楚的輪廓和重量。從她的聲音中我能夠感覺到這點。

「而且你喜歡她，不是單純的玩玩。」

「是。」我說。「不是在玩，不過跟妳想的也有點不一樣。」

「我在想什麼你知道嗎？」她說。「我在想什麼，你認爲你眞的知道嗎？」

我沈默下來。我什麼也不能說。有紀子也一直沈默著。音樂小聲地流著。韋瓦第或德瑞曼之類的音樂。我想不起那旋律了。

「我在想什麼，我想很可能你都不知道。」有紀子說。她像跟小孩說明事情時一樣緩慢地把話一個字一個字清楚地發音。「你一定不知道。」

她看著我。但知道我一句話也不說之後，拿起玻璃杯喝了一口威士忌。然後慢慢搖一次頭。

「嘿，我也不是那麼傻的，我跟你一起生活，跟你一起睡覺噢。從前一陣子開始你有了喜歡的女人，這點事我是知道的。」

我什麼也不說地看著有紀子。

「不過我並不責怪你。我想喜歡上什麼人，那也是沒辦法的。既然喜歡上了，就是喜歡上了。你雖然有我但一定還會不滿足，這點我也能理解。過去我們一直相處得很好，你也一直待我很好。我跟你一起生活覺得非常幸福，而且現在都覺得你是喜歡我的。不過終究我不是一個十全十美的女人。這一點我多少也知道，我想有一天這種事遲早一定會發生。這也沒辦法。所以你喜歡上別的女人，我並不怪你。說眞的，也沒有生氣。雖然很不可思議，但並不怎麼生氣，我只是難過而已。只是非常難過而已。以前雖然想像過如果發生這種事一定很難過吧，但事實上遠比想像中難過得多。」

「很抱歉。」我說。

「你不需要道歉。」她說。「如果你想跟我分開，也可以呀，我什麼都不說就跟你分開。你想跟我分開嗎？」

「不知道。」我說。「請妳聽我說明好嗎？」

「說明什麼？你跟那個女人的事？」

「對。」我說。

有紀子搖搖頭。「那個女人的事我什麼也不想聽。請你不要讓我更難過了。你跟她是什麼關係，想做什麼，那些都沒關係，那些我都不想知道。我想知道的，只有你是不是要跟我分開。房子、錢我什麼都不要，如果你要孩子，也可以給你。眞的，我是說眞的噢。所以，如果想分開，就說想分開。我想知道的只有這個而已。其他的事，我都不要聽。你只要告訴我 Yes 或 No。」

「不知道。」我說。

「你是說你不知道要不要跟我分開？」

「不是。我不知道自己能不能回答的本身。」

「那你要什麼時候才知道？」

我搖搖頭。

「那麼你慢慢考慮吧。」有紀子嘆一口氣說。「我會等所以沒關係。你慢慢花點時間考慮再決定。」

那一夜我在客廳沙發上鋪棉被睡。孩子們有時候夜裡起來會走過來，問說爸爸爲什麼在這裡睡呢？我說明道，爸爸最近會打呼很吵，暫時和媽媽分開不同房間睡，不然媽媽會睡不著。女兒之一有時會鑽進我的棉被裡。那時候我會在沙發上緊緊抱著女兒。有時也曾經從臥室傳來有紀子哭泣的聲音。

接下來的兩星期左右，我繼續住在無止無盡的記憶重現中。我一一想起和島本度過的最後一夜所發生的每一件事，努力去想那其中是不是有什麼含意，試著從裡面讀出什麼訊息。我想起抱在我手臂中的島本，想起她伸進白色洋裝下的手。想起納金高的歌，和暖爐的火。試著再現她那時嘴裡說過的每一句話。

「就像剛才說過的，對我來說中間是不存在的。」島本那時候說。「我心目中是沒有中間性的東西的，在中間性的東西不存在的地方，中間也不存在。」

「我已經決定了，島本。」那時候我說。「妳不在的時候，我考慮了很多次很多次，然後我已經下定決心了。」

我想起坐在車上島本從助手席一直看著我時的眼睛。那含著某種激情的視線，彷彿還清晰地烙在我的臉頰上似的。那或許是超越視線之上的東西吧。那時候她所散發著的類似死亡氣息的東西，現在我可以清楚地感覺到。她本來是打算要死的。很可能她是爲了和我兩個人一起死，而到箱根去的。

「而且我也會要你的全部噢。全部噢。你知道這意思嗎？你知道那意味著什麼嗎？」

這樣說的時候，島本是在要求我的命。現在，我才明白。就像我拿出最後的結論一樣，她也拿出最後的結論。爲什麼我那時候沒有聽懂呢？也許她打算和我擁抱一夜之後，在回程的高速公路上，把BMW的方向盤一轉，兩個人一起死掉。對她來說，我想除此之外或許沒有其他的選擇了。但是由於某種原因她打消了這個念頭，然後把一切謎團吞進肚子裡，自己消失了蹤影。

島本到底處在什麼樣的狀況？我試著問自己。那到底是什麼樣的死胡同呢？是在什麼樣的情況，什麼樣的理由，什麼樣的目的，然後是誰，把她逼到那樣的地步呢？爲什麼從那裡逃出來，就非意味著死亡不可呢？我試著一次又一次的想著這個。試著把所有的可能排在自己面前，試著把能夠想到的事一一推理，但都不能得到解答。她抱著那祕密，消失了。既沒有可能，也沒有暫時，只有悄悄地消失得無影無蹤。想到這裡心裡非常難過。結果她還是拒絕和我共有那個祕密。即使是在我們的身體那樣緊密地化爲一體之後依然沒有改變。

「有些事情一旦往前推進了，就沒辦法回到原位了噢，阿始。」島本可能這樣說。半夜裡躺在沙發上，我耳邊可以聽到她的聲音這樣說。我可以聽到那聲音所紡出來的話語。「就像你說的，我想如果我和你只有兩個人眞的能夠到一個地方去，重新開始新的人生，那不知道有多美妙。可是很遺憾，我沒辦法離開這裡，那是物理性的不可能噢。」

我想起島本還是個十六歲的少女，站在花園的向日葵前面，怯生生地微笑著。「終究，我還是不應該去見你啊。一開始我就知道，我可以預想會變成這樣。但我實在無論如何也忍不住，無論如何都想見你，到了你面前又忍不住開口跟你講話，阿始，這就是我啊。我並沒有打算要這樣，可是最後，我總是會把每件事都弄得不可收拾。」

我想今後我再也見不到島本了。她只存在於我的記憶中。她已經從我眼前消失。她曾經在那裡，但現在消失了。那裡沒有所謂中間的東西存在。中間性的東西不存在的地方，所謂中間這東西也就不存在。國境之南「可能」或許存在，但太陽之西「可能」卻不存在。

我每天都把報紙的每個角落都讀遍，心想上面會不會有自殺女人的記載。但卻沒發現那類的記載。世上每天都有很多人自殺，但那都是別人。能夠露出漂亮微笑的三十七歲美麗女人，就我所知的範圍，似乎還沒有自殺。她只是從我眼前消失了而已。

我表面上還是和以前幾乎沒有兩樣地繼續過著日常生活。多半每天送小孩到幼稚園，再接她們回家。我在車子裡和孩子一起唱歌。有時在幼稚園前面會遇見那位坐 260E 的年輕女人，並和她談談。和她談話的時候，很多事情會暫時忘記一下。我和她依舊只談一些吃的穿的事情。我們每次遇到，就把青山地區或有關自然食品的一些新資訊搬出來，一一互相交換。

在工作場所我也和平常一樣，進退合度地扮演著我的角色。每天晚上我打著領帶到店裡，和熟悉的常客聊聊天，聽聽從業員發表各種意見和不滿，給工作的女孩子小小的生日禮物，請來玩的音樂家喝酒，品嘗品嘗雞尾酒的味道，聽聽鋼琴的音調是不是準確，注意酒醉的客人有沒有給別的客人帶來麻煩，如果有任何爭執，立刻排解。店裡的經營順利得不能再順利。我周圍的一切都圓滿地進行著。只是我已經不再像以前那樣熱心店的經營了。對那兩家店我已經沒辦法像從前那樣熱心投入了。我想或許在別人眼裡看不出來。表面上我和以前完全一樣。或許可以說看起來比以前更和氣，更親切，更健談了。不過自己非常知道。坐在吧台椅上轉頭環視店內一圈，覺得很多東西和以前不同了，顯得非常平板而失色。那已經不是從前那種精緻微妙而帶有鮮明色彩的空中庭園了。而只不過是到處可見的吵鬧酒場。一切看來都那麼人工化、單薄、而落魄。那裡所有的只不過是為了從醉客身上掏取金錢為目的所製作出來的舞台佈景而已。在我腦子裡曾經有過的幻想似的東西，不知道什麼時候已經全部消失無蹤。因為島本永遠也不會再來了。因為她已經不會再來坐在吧台，微笑地點雞尾酒了。

在家裡我也過著和以前一樣的生活。我和大家一起吃飯，星期天帶著孩子出去散步，去動物園。有紀子對我，至少在表面上，態度還是和以前一樣。我們還是一樣兩個人談著各種事情。大致說來，我和有紀子過得就像很巧住在同一個屋簷下的老朋友一樣的日子。在那裡有不能談的話，也有無法談的事情。但我們之間並沒有帶刺的空氣。只是互相不碰彼此的身體而已。一到晚上，我們就分開睡覺。我在客廳沙發睡，有紀子在臥室睡。或許那是在我們的家庭裡發生的唯一有形的變化。

我也曾經想過，結果這一切的一切難道都只不過是演技而已嗎？是不是我們只不過各自把被分配到的角色一一演出來而已呢？所以就算其中喪失了什麼很重要的東西，但大家在技巧上還是能夠和以前一樣每天沒有太大過失地過下去呢？這樣想時心裡很難過。這種空虛而技巧的生活，一定深深傷害了有紀子的心吧。不過，對她的問題，我還無法回答。我當然並不想離開有紀子。這點很清楚。但我沒有資格這樣說。我曾經一度想要拋棄她和孩子們，但總不能因爲島本消失無蹤，不會再回來了，所以又順利地回到原來的生活。事情並沒有這麼簡單，而且也不能這樣簡單。加上我還無法將島本的幻影從腦子裡趕走。那幻影未免太鮮明而眞實了。只要一閉上眼，我就可以清晰地想起島本身體的所有細部，可以想起手掌上她肌膚的感觸，耳朵邊可以聽見她的聲音。我不可能依舊抱著這樣的幻影，而去擁抱有紀子的身體。

我盡可能一個人獨處，而且也不知道要做什麼其他的事才好，所以我每天早上，一天也沒休息地去游泳池。然後到辦公室，一個人望著天花板，繼續無止境地耽溺於島本的幻想中。這樣的生活我想必須做個了結。我把和有紀子的生活一半放棄地丟下不管，對她的問題還保留著沒有回答，繼續活在某種空白之中。這樣的情況總不能一直繼續下去。這樣怎麼想都是不正確的。做爲一個人、一個丈夫、一個父親，我必須負起責任。但實際上我什麼也不能做。幻想一直在那裡，把我緊緊捉住。一下雨，情況更糟。一下雨，我就會被島本現在立刻就可能到這裡來的錯覺所襲擊。帶著雨的氣息，她悄悄推開門，我可以想像她臉上浮現的微笑，我說錯什麼的時候，她還是保持那微笑，安靜地搖搖頭。於是我說出的所有的每一句話都失去了力氣，就像附在窗子上的雨滴一樣，從現實的領域，慢慢滴落下去。下雨的夜晚總是令我透不過氣。那使現實扭曲、使時間狂亂。

當幻想得精疲力盡之後，我會站在窗前長久望著窗外的風景。常常覺得自己好像一個人被遺棄在沒有生命跡象的乾燥土地上似的。好像幻影的羣象已經將周遭世界一切能稱得上色彩的色彩絲毫不剩的吸個精光似的。映在眼裡的一切事物和風景，簡直就像臨時拼湊起來的似的，平板而空虛。而且這一切都滿是灰塵的泛著沙色。我想起那個告訴我泉的消息的高中時代同班同學。他這樣說。「大家都有不同的活法，不同的死法。不過這都沒什麼重要，最後只剩下沙漠而已。」

接下來的一星期，好像早就等在那裡似的，一連發生了幾件奇怪的事。星期一早晨，我忽然想起要找一個裡面放有十萬圓的信封，並沒有特別的理由，只是對那個信封有點不放心。我在好幾年前，把它放進辦公室的書桌抽屜裡。從上面算來第二個抽屜，是上了鎖的。我搬到這辦公室來的時候，把那信封和其他貴重物品一起放進那個抽屜裡，偶爾會確定一下它的存在，除此之外一切都沒有碰過。但抽屜裡的信封卻不見了。這是非常奇怪而不自然的事。因爲我完全不記得曾經動過那個信封。關於這點我有百分之百的自信可以確定。爲了愼重起見，我把書桌的其他抽屜全部抽出來，每個角落都找遍。但還是沒有看見信封。

我試著回想最後一次看見那個放了錢的信封是在什麼時候？我想不起確實的日期，雖然不是很久以前，但也不是最近。也許是一個月以前，也許是兩個月以前，或者三個月以前也說不定。不過總而言之，在不是很久以前，我還拿起那信封，很清楚地確認過它還在的。

我莫名其妙地坐在椅子上，一直望著那抽屜好一會兒。會不會有人進來，打開抽屜鑰匙，只把那信封偷走呢？那首先就不可能（因爲書桌裡還有其他的現金和值錢的東西），以可能性來說並不是完全沒有。或許我犯了很大的錯，自己在不知不覺下把那信封處理掉，事後又完全不記得。這樣的事情並不是絕對不會發生的。不過不管怎麼樣都無所謂了，我對自己說。這種東西反正遲早要處理掉的，這麼一來不是更省事嗎？

不過那信封消失的事實，我已經意識到了，我的意識之中，那信封的不在和存在清楚地交換位置之後，隨著信封存在這事實所伴隨應該存在的現實感，也同樣急速地喪失了。那就像暈眩一樣奇怪的感覺。不管我怎麼對自己說，那不在感逐漸在我心中快速膨脹，並激烈地侵蝕我的意識。

那不在感把過去應該曾經明確存在過的存在感壓倒，並貪婪地吞食殆盡。

例如是有現實證明某種發生的事情是現實。因爲我們的記憶和感覺實在太不確定，而且片面。我們以爲認知的現實到底多少成分是現實，多少成分是「我們認爲是現實的現實」呢？很多情況甚至令人覺得不可能識別。因此我們爲了要將現實和現實串連，往往需要另外一個相對化的現實——鄰接的現實。而那另一個鄰接的現實，仍然需要一個相對化的根據，一個可以證明它是現實的鄰接現實。這一類的連鎖在我們的意識中一直繼續串連，在某種意義上，如果說由於它的繼續，由於維持這些連鎖，所謂我的存在才能夠成立也不爲過。但由於某個地方，由於某種原因那連鎖中斷了，於是在中途我就迷失了方向。不知道中斷的那一側的東西是眞正的現實，或中斷的這一側的東西才是眞正的現實。

我那時候所感覺到的，就是這種中途迷失的感覺。我把抽屜關上，決定把一切都忘掉。我想那錢一開始就應該丟掉的，留下那種東西本身就是錯誤。

同一週的星期三下午，當我開車經過外苑東路時，發現一個和島本非常像的女人背影。那個女人穿著藍色棉長褲，淺灰褐色雨衣，白色防滑布鞋。而且一隻腳好像有點跛地走著。看到那個女人的身影時，我感覺周圍的一切情景似乎在一瞬之間全部凍結了似的。一股像空氣團塊似的東西從胸口一直湧到喉頭。我想是島本。我追過她，想從後視鏡確認，但她的臉卻被其他行人遮住而看不清楚。我一踩煞車，後面的車就猛按喇叭。不管怎麼說，那背後的樣子、頭髮的長度都和島本一模一樣。我眞想當場立刻停下車來，但眼睛所及路上已經停滿了車。再往前開大約二百公尺左右發現一個可以擠進一輛車的地方，於是勉強停在那裡，我跑回發現她的那一帶。但那裡已經沒有她的影子。我試著在那一帶繞著圈子拚命找。她腳不好，應該不會走得太遠的，我告訴自己。我把別人推開，強行橫越馬路，跑上人行陸橋，從高處往下看路上行人的臉。我身上穿的襯衫已經被汗濕透了。可是過一會兒我忽然想到，我所看見的女人不可能是島本。那個女人和島本是不同一隻腳跛，何況島本的腳已經不跛了。

我搖搖頭，深深嘆一口氣。我眞的不知道怎麼搞的了。簡直像突然站起來頭發暈一樣，感覺身體急速虛脫。我靠在紅綠燈柱子上，暫時看著自己的腳尖。信號燈由綠變紅、又由紅變綠，人羣穿過馬路，等信號，然後過馬路。在那之間我一直靠在紅綠燈柱子上調整著呼吸。

忽然一抬起眼睛，泉的臉就在那裡。泉坐在停在我前面的計程車裡。從那後座的車窗裡，她正注視著我的臉。計程車因爲紅燈而停下，泉的臉和我之間僅僅只有一公尺左右的距離。她已經不是十七歲的少女了。但我一眼就能看出那個女人是泉。那不可能是泉以外的任何人。在那裡的是我二十年前抱過的女人。那是我第一次接吻的女人。我在十七歲秋天的下午，讓她脫了衣服，使她弄丟了吊襪帶絆扣的那個女人。所謂二十年這歲月不管會把人怎麼改變，但那張臉我是不會看錯的。有人說「孩子們都怕她」。聽到這話時，我無法掌握那意思。那句話想傳達什麼呢？我無法完全瞭解。不過現在泉就這樣在我眼前，我可以淸楚地理解他沒說出來的話。她臉上沒有所謂表情的東西。不，這不是正確的表現，或許我應該這樣說，從她臉上，應該以表情這名字來稱呼的東西，已經一個也不剩地被奪走了。那使我想起能稱爲家具的家具一個也不留地全部被搬出去後的房間。她臉上連感情的碎片都沒露出來。簡直就像深海的底一樣，那裡一切的一切都無聲地死絕了。而且她那張連表情的碎片都沒有的臉，正在一直注視著我。我想她應該是在注視我。至少那眼睛正直直的向著我的方向。但她的臉朝向我並沒有訴說什麼。假定她正要向我說什麼的話，她所說出來的也是無盡的空白。

我呆呆站定在那裡，失去所謂語言的東西。我只能一面吃力地支撐著自己的身體，一面慢慢呼吸著而已。那時候，我眞的名副其實的迷失了所謂自己這東西的存在。有一會兒，我連自己是誰都不知道了。覺得好像叫做我的這個人輪廓消滅了，化做泥濘稀糊的液體了似的。我已經沒有餘力思考任何事情，幾乎是無意識地伸出手，碰那玻璃窗，然後我用手指輕輕摸那表面。那行爲意味著什麼，我也不知道。有幾個行人站住了，警訝地看著我。但我不能不這樣做，我隔著玻璃，繼續慢慢摸著泉那沒有臉的臉，雖然如此她還是一動也不動。她連眼睛都沒眨一下。她是死了嗎？

不，不可能死，我想。她不眨眼睛地活著。在那無聲的，玻璃窗後面的世界裡，她活著，而她那不動的嘴唇，正說著無盡的虛無。

燈號終於變綠，計程車開走了。泉的臉到最後依然沒有表情。我一直定定的站在那裡，看著那輛計程車被吸進車羣中消失了。

我回到停車的地方，身體落坐在車上。總之必須離開這裡，我想。正要轉開引擎時，我忽然非常不舒服。激烈地想吐，但吐不出來。只是想吐而已。我兩手搭在方向盤，在那裡安靜不動大約十五分鐘，汗水濕透了我的腋下。覺得全身正發出令人厭惡的氣味。那已經不是以前島本溫柔地舔遍的我的身體。那是發出不快氣味的中年男人的身體。

過一會兒交通巡警走過來，敲著玻璃窗。我打開窗，這裡禁止停車噢，喂！警官探頭看裡面說，立刻把車開走。我點點頭發動引擎。

「臉色不太好，你不舒服嗎？」警官問。

我默默搖著頭。然後就那樣把車開走。

然後過了幾個鐘頭，我仍然無法把所謂自己這東西拿回來。我只是個軀殼而已，身體裡面只響著空虛的聲音。我知道自己真的變成空空的了。剛才應該還留在體內的東西，全部都跑出去了。我把車子停在青山墓地裡面，呆呆望著車前玻璃外的天空。我想，泉在那邊等著我。很可能她總是經常在什麼地方等著我。什麼地方的街角，什麼地方的玻璃窗後，她在等著我走過去。她一直在注視著我，只是我看不見這些而已。

接下來的幾天裡，我幾乎跟誰都沒辦法開口。每次想說什麼張開嘴巴時，話又忽然消失了。簡直就像她正要對我說的虛無已經完全進入我裡面了似的。

不過和泉那樣奇妙的邂逅之後，包圍在我四周的島本的幻影和殘響，卻隨著時間慢慢淡化了。眼睛所見的風景多少恢復了一點顏色，像走在月球表面似的無依感覺似乎也逐漸平穩下來。重力微妙地變化著，緊緊粘附在自己身上的一些東西，被一一扯下來。我像隔著玻璃在看發生在別人身上的事情一般，恍惚地感覺著。

幾乎就在那前後，我裡面的什麼消失了，中斷了。無聲，而決定地。

在樂隊休息時間，我走到鋼琴師的地方，說以後可以不用再彈「惡星情人」了。我笑一笑，很親切地這樣說。「因爲到現在爲止已經聽得夠多了，差不多可以了，我已經很滿足。」

他以好像在觀測什麼似的眼光看了我的臉一會兒。我和那鋼琴師的交情可以說是私下的朋友。我們有時候會一起喝喝酒，談談個人的事。

「還有一點不太淸楚，你的意思是那首曲子不需要特別彈就行了呢，還是希望我再也不要彈了呢？因為這兩者相當不一樣，所以能不能請你說得更明白一點。」他說。

「希望你不要彈。」我說。

「並不是不中意我的演奏噢？」

「演奏方面沒問題，很棒。這曲子能演奏得好的人還不多呢。」

「那麼也就是說，那曲子本身已經不想聽了對嗎？」

「大概是吧。」我說。

「那有點像『卡薩布蘭加』一樣噢，老闆。」他說。

「確實。」我說。

從此以後，他看到我露面時偶爾會開玩笑地彈「As time goes by」。

我想不要再聽那首曲子，理由並不是因為那旋律會使我想起島本。而是那已經不像以前那樣能打動我的心了。我不知道為什麼。不過我以前在那音樂中發現的特別的什麼，已經從那裡消失了。我長久以來繼續寄託在那音樂裡的某種心情似的東西已經消失了。那依然是優美的音樂，但只不過如此而已。而我已經不想一次一又次地反覆聽那像某種遺骸般的美麗旋律了。

「你在想什麼？」有紀子走過來問我。

那是半夜兩點半，我躺在沙發上，還睡不著，一直睜著眼睛瞪著天花板。

「我在想沙漠的事。」我說。

「沙漠的事？」她說，她在我腳邊坐下，看著我的臉。「什麼樣的沙漠？」

「普通的沙漠啊。有沙丘，有些地方長仙人掌的沙漠，還有各種東西，活在裡面。」

「那裡面也包括我嗎？那個沙漠？」她問我。

「當然也包括妳在內呀。」我說。「大家都活在那裡，但眞正活著的是沙漠，和電影一樣。」

「電影？」

「『沙漠奇觀』，狄斯耐的作品。有關沙漠的紀錄電影。妳小時候沒看嗎？」

「沒有。」她說。我聽了覺得有點不可思議。我們全部同學都被老師從學校帶去電影院看那部電影啊。不過想想有紀子比我小五歲。大概那部電影上映的時候，她還太小不能看。

「下次到錄影帶店去租回來看吧。星期天大家一起看，很好的電影噢。風景好漂亮，有各種動物和花，小孩子也看得懂。」

有紀子微笑地看著我的臉。我眞的已經好久沒看見她的微笑了。

「你想跟我分開嗎？」她問。

「有紀子，其實我是愛妳的。」我說。

「也許是，但我是問你『你還想跟我分開嗎？』答案只有Yes或No之一呀。除此之外的回答我都不接受。」

「我不想分開。」我說。我搖搖頭。「也許我沒有資格說這話，但我不想跟妳分開，如果就這樣離開妳，我想我眞的會不知道要怎麼辦才好。我不想再一次變孤獨。如果再一次變孤獨，還不如死比較好。」

她伸出手，輕輕摸我的胸。然後一直看著我的眼睛。「請你忘記資格這回事。因爲誰也沒有所謂資格這回事。」有紀子說。

我胸口一面感覺著有紀子手掌的溫暖，一面想到死。我那一天很可能在高速公路上和島本一起死掉的。如果眞的那樣的話，我的身體應該已經不存在這裡了。我應該已經消失無蹤了，和其他很多東西一樣。不過我還像這樣存在這裡。而且我的胸上還存在著有紀子擁有溫度的手掌。

「有紀子。」我說。「我非常喜歡妳喲。自從第一次遇見妳那天開始就喜歡了，現在還是一樣喜歡。如果我沒有遇見妳，我想我的人生會更悽慘、更糟糕。這一點我對妳懷有無法用言語表達的深深感謝。但雖然如此，我現在還是傷害了妳。那大概因爲我是太任性、太沒用、太沒價值的人。我無意義地傷害了周圍的人，而因此同時也傷害了自己。破壞了別人，也破壞了自己。我並不是有意這樣做的，但卻沒辦法不這樣。」

「這倒是眞的。」有紀子聲音平靜地說。讓我覺得好像微笑的痕跡還留在嘴邊似的。「你確實是個任性的、沒用的人，也確實傷害了我。」

我看著有紀子的臉一會兒。她嘴裡說的話並沒有責備我的意味，她也沒有生氣，也沒有悲傷，只是把事實當事實在述說著而已。

我慢慢花時間尋找話語。「我覺得我過去的人生，好像總是經常想要變成另外一個人似的。我經常想要到新的地方、過新的生活、在那裡漸漸養成新的人格。我過去重複這樣好幾次。那在某種意義上是成長，某種意義上是類似人格替換似的東西。不過不管怎麼說，我希望因爲變成不同的人，而能夠從過去自己所抱有的什麼之中解放出來。我眞的是，認眞的，在追求這個，並且相信只要努力，總有一天這會變成可能。不過結果我想我哪裡也沒去成。我不管到哪裡都只不過是我而已，我所抱著的缺陷，不管到哪裡，依然還是同樣的缺陷。不管周圍的風景如何改變，人們說話的腔調怎麼改變，我只不過是個不完整的人。不管去到哪裡我身上還是有著同樣致命的缺陷，那缺陷帶給我激烈的飢餓和渴望。我一直被這飢餓和渴望所苦，或許今後還是一樣會被這所苦。在某種意義上，因爲那缺陷本身就是我自己呀。我自己知道。現在，爲了妳我很想盡量變成一個新的自己，而且也許我做得到。就算不是一件簡單的事，但我只要努力，也許多少可以獲得一個新的自己。不過說眞的，如果再發生一樣的事情，我很可能又會再做出一樣的事情來。我可能又會再同樣地傷害妳。我什麼也無法向妳保證。我所說的資格是指這個。我無論如何沒有自信能夠戰勝那個力量。」

「你過去一直想逃避那個力量嗎?」

「我想大概是吧。」我說。

有紀子依然把手掌放在我胸上。「可憐的人。」她說。好像在念寫在牆上的大字一樣的聲調。我想或許眞的牆上那樣寫著也不一定。

「我眞的不知道。」我說。「我不想跟妳分開。這點很清楚。不過那答案眞的是正確的嗎?這點我不知道。連這是不是我能夠選擇的事情,我都不知道。有紀子,妳就在這裡,而且正受著苦。我可以看得到。我可以感覺得到妳的手。不過和這個不一樣,有些看不見、感覺不到的東西也存在。那好比像思想之類的東西,可能性之類的東西,那些會不知道從什麼地方冒出來、紡出來。而且那會住在我裡面。那不是我能夠靠自己的力量選擇或回答的事情。」

有紀子久久沈默著。偶爾夜間運貨的卡車從窗下的道路通過。我看看窗外,但什麼也看不見。那裡只有將深夜和黎明相繫,相接的沒有名字的空間和時間的延續而已。

「這種狀態繼續的期間,我好幾次想死。」她說。「這不是要威脅你才說的。是眞的,我好幾次都想死。我是那樣的孤獨而寂寞。我想死本身並沒有多難。你知道嗎?就像屋子裡的空氣逐漸稀薄一樣，我心裡，想要活下去的願望正逐漸減少。這樣的時候，死並不太難過。我甚至沒有考慮小孩。我死掉以後，小孩會怎樣，我幾乎都沒有考慮。我是這樣的孤獨寂寞。我想你大概不會明白吧？關於這件事，你大概沒有眞的認眞考慮過吧？我有什麼感覺？我在想什麼？準備做什麼？」

我默不作聲。她的手從我胸上拿開，放在自己膝蓋上。

「不過總之我沒有死，總之我還在這裡，因爲我想如果有一天你又回到我身邊，我終究還是會接受你的。所以我沒有死。那不是資格、正確、不正確的問題。或許你是個沒有用的人，沒有價值的人。或許你還會再傷害我，但那也不是問題。你一定什麼也不知道。」

「我想我也許什麼也不知道。」我說。

「而且你什麼也不想問。」她說。

我張開口正想說什麼，但話卻說不出口。確實我對有紀子一句話也沒有問。我想這是爲什麼呢？爲什麼我什麼都沒想要問過她呢？

「資格是從今以後你要去建立的。」有紀子說。「或許應該說我們。或許我們這方面還不夠。我們過去好像在一起建立了什麼，其實或許什麼也沒有建立。一定是一切都太順利了，也許我們太幸福了。你不覺得嗎？」

我點點頭。

有紀子雙手交叉抱在胸前，看了我的臉一會兒。「我以前也有過類似像夢一樣的東西，也有過類似像幻想似的東西。不過不知不覺，那些東西就消失了。那是在遇見你以前的事。我把這些東西扼殺了，也許是靠自己的意志扼殺掉，捨棄掉的。就像已經不需要的肉體器官一樣。這樣做對不對，我不知道。不過那時候，我想我除了這樣做別無選擇。有時候我會做夢，夢見有人把那個送來，好幾次好幾次都做同樣的夢。有人雙手捧著那個過來說『太太，這是妳遺忘的東西』這樣的夢。我跟你在一起生活，一直很快樂，既沒有什麼稱得上不滿的地方，也沒有想要更多的東西。不過，雖然如此，還是經常有什麼在後面追我，半夜裡我會一身冷汗地驚醒過來，被那應該是已經捨棄了的東西追著過來，並不是只有你在被什麼追著。也不是只有你在捨棄什麼，喪失什麼噢。你明白我說的嗎？」

「我想我明白。」我說。

「你或許有一天還會再傷害我。那時候我會怎麼樣？我也不知道。或者下次是我傷害你也不一定。誰也不能保證什麼。真的，我也不能，你也不能。不過總之，我喜歡你，只有這樣而已。」

我抱著她的身體，撫摸她的頭髮。

「有紀子。」我說。「從明天開始吧！我想我們可以從頭開始重新再來一次。不過今天已經太晚了。我希望從一個完整全新的一天開始，好好的開始。」

有紀子注視著我的臉一會兒。「我覺得。」她說。「你對我還什麼也沒問。」

「我想從明天起重新開始過新的生活，妳對這個怎麼想？」我問。

「我想這樣很好。」有紀子輕輕微笑地說。

有紀子回到臥室之後，我仰身躺下，長久望著天花板。那是沒有任何特徵的普通公寓的天花板。那上面沒有任何有趣的東西，不過我卻一直注視著。偶爾由於角度的關係，映出車子的燈光。幻影則不再浮現。島本乳頭的感觸、聲音的迴響、肌膚的氣味，已經不再記得那麼清楚。偶爾會想起泉那沒有表情的臉。想起隔著我和她的臉，計程車窗玻璃的感觸。那時候，我就安靜閉上眼想有紀子。我反覆一次又一次在腦子裡回想有紀子剛才說的話。閉著眼睛，側耳傾聽自己體內移動著的東西。我或許正在變化著吧。而且也不得不變化。

今後自己內部是不是一直有力量守護有紀子和孩子，我還不知道。幻想已經不再幫助我了。那已經不再為我織夢。那空白只有靠自己的身體去習慣。終究自己已經走到這個地步了，我想。我必須要去習慣它。而且也許這次，我不得不為某人織出幻想，那是我被要求的事。那樣的幻想到底具有多大的力量，我不知道。不過如果要找出所謂現在的我有什麼存在的意義的話，或許我就不得不盡我的力量所及去繼續進行這個作業了——可能。

快接近天亮時，我放棄睡眠，在睡衣上套一件毛衣，走到廚房煮咖啡喝。我坐在廚房的餐桌，望著逐漸泛白的天空。眞是好久沒有看著天亮了。天空的一角出現一道藍色的輪廓，那就像紙上滲了藍墨水似的慢慢暈開。那將全世界所有稱爲藍色的藍集合起來，其中只把任何人看了都會說是藍的東西抽出來，再調在一起似的藍。我手肘支在餐桌上，什麼也沒想地一直注視著那樣的光景。但太陽一出現在地表之後，那藍終於被呑進日常的晝光之中去了。可以看見墓地上只浮著一片雲。輪廓清晰、純白的雲。那上面好像可以寫字一般清晰的雲。另一個嶄新的一天開始了。不過這新的一天準備帶給我什麼呢？我無法預見。

我現在開始該送女兒們去上幼稚園，然後去游泳池。就像平常那樣。我想起初中時候經常去的游泳池。我想起那游泳池的氣味、天花板反射的回音。那時候我正在轉變成新的什麼。我站在鏡子前面，可以看見自己身體變化的樣子。安靜的夜晚，甚至那肉體正在成長的聲音都聽得見。我穿上所謂自己這件新衣，正準備踏進新的地方去。

我坐在廚房桌上，還一直望著墓地上的浮雲。雲一動也不動。簡直就像釘在天空上似的。完全靜止地貼在那裡。女兒差不多該起來了，我想。天已經亮了，女兒不能不起來了。她們比我更強壯、更確實地需要這新的一天。我必須走到她們的床前，掀開棉被，把手搭在那柔軟溫暖的身體上，告訴她們新的一天已經來了。那是現在，我不能不去做的事。不過我無論如何都無法從那廚房的餐桌前站起來。好像身上所有的力氣都消失了似的。簡直就像有人悄悄繞到我背後，不聲不響地拔掉我身上的栓子似的。我兩肘支在桌上，手掌蓋著臉。

我在那黑暗中，想起降落海上的雨，想起廣大的海上，沒有任何人知道正靜悄悄地下著雨。雨無聲地敲著海面，連魚兒們都不知道。

直到有人走過來，悄悄把手放在我背上，我一直在想著那樣的海。

AIP0974

國境之南，太陽之西

作　者—村上春樹
譯　者—賴明珠
編　輯—黃煜智
總編輯—龔橞甄
董事長—趙政岷
出版者—時報文化出版企業股份有限公司
108019台北市和平西路三段二四〇號三樓
發行專線—（〇二）二三〇六六八四二
讀者服務專線—〇八〇〇二三一七〇五
（〇二）二三〇四七一〇三
讀者服務傳真—（〇二）二三〇四六八五八
郵撥—一九三四四七二四時報文化出版公司
信箱—一〇八九九臺北華江橋郵局第九九信箱
時報悅讀網—http://www.readingtimes.com.tw
電子郵件信箱—ctliving@readingtimes.com.tw
思潮線臉書—https://www.facebook.com/trendage
法律顧問—理律法律事務所　陳長文律師、李念祖律師
印　刷—家佑印刷有限公司
初版一刷—一九九三年八月十五日
二版一刷—一九九四年九月十四日
三版一刷—二〇一八年七月二十七日
三版十三刷—二〇二四年七月二日
定　價—新台幣二六〇元
（缺頁或破損的書，請寄回更換）

時報文化出版公司成立於一九七五年，並於一九九九年股票上櫃公開發行，於二〇〇八年脫離中時集團非屬旺中，以「尊重智慧與創意的文化事業」為信念。

國境之南，太陽之西／村上春樹著；賴明珠譯 . -- 三版 . -- 臺北市：時報文化，2018.08
面；14.8×21 公分
譯自：国境の南、太陽の西

ISBN 978-957-13-7497-0（平裝）

861.57　　107010247

KOKKYO NO MINAMI, TAIYO NO NISHI by Haruki Murakami

Originally published in Japan by KODANSHA LTD., Tokyo.
Chinese (in complex character only) translation rights arranged with
Haruki Murakami, Japan
through THE SAKAI AGENCY and BARDON-CHINESE MEDIA AGENCY.

ISBN 978-957-13-7497-0
Printed in Taiwan